在咖啡冷掉之前

コーヒーが冷めないうちに

川口俊和
Toshikazu Kawaguchi

丁世佳——譯

【給台灣讀者的作者序】

致台灣的各位讀者：

創作出無論哪個時代的人，看了都能引起共鳴的作品，這是我寫作時，始終非常重視的要點之一。

《在咖啡冷掉之前》原本是在舞台上演出的劇作，在偶然的機會下，前來觀賞這齣舞台劇的日本SUNMARK出版社責任編輯對我提出：「要不要把這個故事寫成小說呢？」於是，這本小說就誕生了。

當時我做夢也沒想到，自己的作品竟然能透過翻譯，讓台灣的讀者有閱讀到的一天。然而，這次本書得以在台灣出版，在我「創作無論哪個時代的人，看了都能起共鳴的作品」的信念上，追加了一條「無論哪個國家的人，看了都能起共鳴的作品」，這對我而言非常有意義。

我在撰寫本書之前，從來沒有寫過小說，也沒有寫小說的知識，因此在創作的過程遭遇了無數挫折，不管怎麼寫都不好看，甚至讓朋友讀過之後，有人還說：「這根本不能算是小說。」就在這期間，我和建議我寫小說的責任編輯漸漸疏遠，自己也決定放棄寫小說的念頭。

然而轉機出現了。一位跟我要好的朋友因為癌症而去世，從診斷出癌症到訣別，只有短短兩個月的時間。於是，我決定要再度挑戰自己人生中未完成的事，其中一項就是把《在咖啡冷掉之前》這本小說寫出來。

我跟責任編輯時隔三年再度取得聯絡，我說：「請再讓我寫一次。」這是我自己任性的請求，要是對方說：「現在才這麼說，已經遲了。」那也是沒辦法的事。但是責任編輯卻說：「我一直在等您跟我聯絡呢。」在那個時候我便決定：「這次一定要好好寫出來。」

為了讓這次的創作能夠成功，我替自己訂下了幾條規矩：

一、希望盡量沿用舞台上使用的台詞。

這是因為我在第一次挑戰寫小說的時候，作品水準因我的寫作功力而劣化。舞台上的動作，則因我的寫作能力不足而省略了描寫和台詞。但我希望讓已經看過戲劇的觀眾在讀這本小說時，跟讀過小說再去看戲的讀者，都能感受到的故事張力。

二、出版前，只讓責任編輯看我的原稿，也只相信責任編輯的意見。

這是因為剛開始挑戰寫小說的時候，我聆聽了許多人的意見。哪些意見是好的，哪些意見是不好的，我完全無法分辨。因此，再度挑戰的時候，我決定只信任責任編輯的意見。

三、就算寫得不好也沒關係，總而言之，就是寫完它。

這其實是最難做到的一點。在創過的過程中，不論怎麼寫，自己讀起來都覺得寫得太糟糕，好多次都感到氣餒不已。但是責任編輯卻對我說：「川口先生想怎麼寫就怎麼寫，與其介意寫得好不好，重要的是寫得有川口先生的風格。」這句話真的拯救了我。

也多虧了這三條規矩，《在咖啡冷掉之前》這本小說才得以平安誕生，送到大家的手上。

對我來說，規矩是非常重要的動力。而在《在咖啡冷掉之前》這本小說裡，「規矩」也是關鍵詞。故事裡的登場人物來到「能回到過去的咖啡店」，並且回到過去，只不過必須遵守許多非常麻煩的規矩。

相信你一定也有一、兩件「想重新來過」的事情。而在這個故事裡，有一條規矩是「即使回到過去，也無法改變現實」。

大家一定會覺得，「既然無法改變現實，那麼回到過去也沒有意義了。」但造訪這家咖啡店的人，不管是想見分手的男友、失憶之前的丈夫、去世的妹妹，每個人都懷抱著不同的心意回到了過去。雖然他們沒能改變現實，卻都因為回到過去，而說出了一句重要的話語。

時間從過去到現在，然後從現在到未來。我們雖然不能改變過去，但未來是可以改變的。

希望這本書能讓台灣讀者在閱讀之後，給予大家從現下所在之處踏出一步的勇氣。若能如此，我相信我出生在這個世界上，以及將這個故事寫成小說，就有重大的意義了。

最後，參與這本小說在台灣出版事宜的諸位，以及現在手裡拿著這本小說的各位讀者，藉由台灣版的這篇序言，獻上誠摯的問候。

真的，非常謝謝大家。

川口俊和

序幕

某個城鎮裡，某家咖啡店的某個座位上，有著不可思議的都市傳說。

據說，只要坐上那個座位，就能移動到任何你想回去的時間點。

只不過，囉唆的是……有著非常麻煩的規矩。

一、就算回到過去，也無法見到不曾來過這家咖啡店的人。

二、回到過去之後，無論如何努力，也不能改變現實。

三、神秘的座位有人，必須等到那個人離席時才能去坐。

四、即使回到過去，也不能離開座位行動。

五、回到過去的時間，只從咖啡倒進杯子開始，到咖啡冷卻為止。

囉唆的規矩還不止這些。

即便如此，今天也還是有聽說了都市傳說而造訪這家咖啡店的客人。

咖啡店的名字，叫做纜車之行[1]。

聽說了這麼多的規矩，

你還是想回到過去嗎？

這本書就是在講這家不可思議的咖啡店，發生的四個溫暖人心的奇蹟。

第一話【戀人】：跟打算結婚的男朋友分手的女人的故事

第二話【夫婦】：慢慢喪失記憶的男人跟看護的故事

第三話【姊妹】：離家的姊姊跟食慾旺盛的妹妹的故事

第四話【母女】：在這家咖啡店工作的孕婦的故事

要是能回到那一天，你想見到誰？

＊注1：フニクリフニクラ：Funiculì funiculà著名義大利拿波里民謠。

在咖啡冷掉之前　目次

第一話　【戀人】

「那，我差不多，該走了……」

男人口齒不清嚅嚅囁囁地說著，一面把手伸向行李箱，一面站起身來。

「哎？」

女人抬頭看著男人的臉，訝異地皺起臉來。男人連「分手」的「分」字都沒說呢。但是，被交往三年的男朋友叫出來，說「有重要的事要跟妳講」，結果是因為工作的關係突然要去美國，而且再過幾個小時就要出發了。這樣就算男人什麼都沒說，也能明白「重要的事」就是「分手」，就算之前誤以為「重要的事」等於「結婚」而充滿期待也一樣。

「什麼？」

男人避開女人的視線，咕噥著。

「可以好好說明一下嗎？」

女人用男人最討厭的質問腔調逼問。

兩人所在的咖啡店位於地下室，所以沒有窗戶，照明的話，也只有天花板上懸掛的六盞罩燈，和入口旁邊牆上的一盞壁燈而已。因此店內總是一片昏黃，日夜得靠時鐘才能區別。

這家店裡有三座古老的大落地鐘，三座鐘的指針分別顯示不同的時間。不知道是故意的還是已經壞掉了，初次來訪的客人都搞不清楚，結果只能依靠自己的錶。

男人也不例外。他看了手錶確認了時間，揚起右邊眉毛，下唇微微突出。

「啊，你剛剛一定在想：『搞什麼鬼，這傢伙真煩——』對吧。」

女人看著男人的表情，誇張地挑釁道。

「我沒有。」男人緊張地回答。

「分明就有！」

女人完全不予理會。

「………」

男人再度突出下唇，別開視線沈默不語。

男人畏畏縮縮的態度讓女人十分不悅。

「你是打算要我說嗎？」

她雙眼圓睜瞪著男人，伸手拿起面前冷掉的咖啡。冷掉的咖啡喝起來只有甜味，讓女人的心情更加鬱悶。

男人再度看了手錶。從登機時間往前推算，差不多該離開這家咖啡店了，他不安地搔著右眉上方。女人從眼角瞥見男人擔心時間的樣子更加不悅，粗暴地放下杯子，因為用力過猛，杯子和碟子碰撞的響聲讓男人嚇了一跳。。

男人用搔著右眉的手胡亂耙過頭髮，接著輕輕地深吸了一口氣，慢慢地坐回女人對面的位子，顯然不像剛才那樣緊張了。

男人態度一變，女人困惑地望著他的臉，然後低下頭，專心盯著自己交握放在膝上的雙手，不再望著男人。

「那個，」

在意時間的男人不等女人抬起頭來便開口說。他的聲音也不像剛才那樣嚅囁囁囁難以聽清，反而非常清楚。

但是，女人好像要阻止他繼續說下去一般。

「你走吧？」

她仍舊低著頭，自暴自棄地說道。

要求說明的女人顯然拒絕了接受他說詞，男人吃了一驚，彷彿時間停止似地動也不動。

「你趕時間不是嗎？」

女人像是鬧彆扭的孩子般如此說道。

男人似乎不明白女人在說什麼，滿臉困惑。女人大概也知道自己孩子氣的說話方式很討人厭，尷尬地咬住下唇，轉移視線不看男人。

「不好意思，結帳。」

男人靜靜地站了起來，對著櫃臺後方的女服務生說道。他伸手要拿帳單，但帳單卻被女人按住。

「我還沒要走……」

她原本打算說：「我自己付。」但男人抽走了帳單，走向櫃臺。

「一起算。」

「不用了。」

女人仍舊坐著，轉向男人伸出手，但男人看也不看她一眼，從錢包裡拿出一張千元鈔票。

「不用找了……」

他把鈔票跟帳單一起遞給女服務生，一瞬間，帶著悲傷的表情望了女人一眼，然後靜靜地拖著行李箱離開。

喀啦哐噹。

「……那是一個星期之前的事了。」

清川二美子說道。她巧妙地避開面前的咖啡杯，像慢慢洩氣的氣球般懶懶地趴在桌上。

之前一直默默聽著二美子說話的女服務生，和坐在櫃臺前的客人面面相覷，看來二美子詳細說明了一星期之前在這家咖啡店裡所發生的事情。

二美子在高中的時候就自學精通了六國語言，從早稻田大學第一名畢業之後，進入東京著名的醫療相關大型ＩＴ公司任職。入社第二年就成為主任，負責許多企畫案。總而言之，是個精明幹練的職業女強人。

今天應該是下班後過來的吧。她穿著白襯衫、黑外套和長褲，常見的上班族打扮。

只不過她的外貌一點也不常見。偶像般顯眼的五官，小小的嘴唇，披肩的美麗黑髮像天使的光環般圈住鮮明的輪廓；出色的體型從衣著上就能想像得出來，簡直就像是從時尚雜誌裡走出來的模特兒，是任誰看見了都會眼睛一亮的大美女。所謂才色兼備，就是形容二美子這樣的女性吧。

只不過二美子自己有沒有自覺，則是另外一回事了。她一直都醉心於工作，當然也並不是沒談過戀愛，只不過覺得工作比較有魅力，如此而已。二美子對於現在的工作就是這麼滿意。

「工作就是戀人。」

她這麼說著，像拂去灰塵一樣不知拒絕了多少男性的邀約。

她的對象是個叫賀田多五郎的人。五郎是系統工程師，跟二美子一樣在醫療相關的公司上班，只是規模不如二美子的公司。兩年前，他在同一樁生意的客戶那裡認識了大他三歲的二美子，而成了她的男朋友。不對，正確說來，已是「前男朋友」了。

一星期前，五郎約二美子見面，說有「重要的事要說」。二美子穿著高雅的淺粉紅洋裝和米色的春季大衣，蹬著一雙白色中跟鞋來到約定的地點，一路上吸引了眾多男性的目光，自不待言。

跟五郎交往之前，一心工作的二美子除了套裝沒有別的衣服，跟五郎約會也多半是下班之後，更不需要其他衣物。然而，聽到「重要的事」讓二美子察覺到這次的會面有些「特別」。她心中充滿著期待，便特地去添購了新裝。

但是，約定好見面的常去咖啡廳貼著臨時停止營業的標示。那家店每張桌位都是包廂，在那裡談「重要的事」應該挺合適，因此讓二美子跟五郎都很失望。在無可奈何之下只好另覓他處，他們看見人煙稀少的小巷裡有間咖啡店的招牌，店面在地下層，完全看不出店裡是怎樣的氣氛，但店名是從小就朗朗上口的歌詞，於是兩人就走了進去。

一進去，二美子就後悔了。空間比她想像中還狹隘，店裡有櫃臺和桌位，櫃臺只有三張椅子，以及三張兩人位的桌子；也就是說，九個人就坐滿了。二美子期待的「重要的事」非得用極小的聲音，不然所有人都能聽到，而且只有少數罩燈照明的昏黃室內也不為二美子所喜。

——秘密交易的現場。

這是這家咖啡店給二美子的第一個印象。

二美子一面徒勞地警戒四周，一面怯怯地在空著的兩人桌位坐下。

店裡有三個客人和一位女服務生，最裡面的桌位有一位穿著白色半袖洋裝的女人正靜靜地看書，接近入口的桌位則有一個長相平凡的男人把旅遊雜誌攤放在桌上，並用小記事本寫著筆記。

坐在櫃臺的女性穿著大紅色背心和綠色緊身褲，靠著椅背，披著無袖棉衣，頭髮上還纏著髮捲，不知怎地，只有這個頭上纏著髮捲的女人偷瞥著二美子他們，還吃吃竊笑，二美子跟五郎說話的時候，她不時跟櫃臺後的女服務生搭話，還哇哈哈地大聲笑出來。

「原來如此。」

那個髮捲女聽完二美子的說明，回應道。這並不是同意，只是她的話在告一段落時順勢回應而已。

髮捲女名叫平井八繪子，今年剛滿三十歲，在附近經營一家小酒館，是這裡的常客，上班前一定會來這家咖啡店喝咖啡。今天她仍舊戴著髮捲，但衣服跟一星期前不一樣，是露肩的黃色小可愛，大紅色迷你裙和鮮豔的紫色內搭褲。她盤著腿坐在櫃臺的椅子上，聽二美子說話。

「一星期之前的事，妳記得吧？」

二美子站起來，走向櫃臺後面的女服務生。

「嗯，是啦。」

女服務生滿臉困惑地回答，她沒有望著二美子。

女服務生叫做時田數，是這家咖啡店老闆的堂妹，在美術大學唸書，一面在這裡當女服務生。她皮膚白皙，一雙鳳眼，面容清秀，但卻沒有什麼特徵，看過她一眼後，再把眼睛閉起來，便想不起她到底長什麼樣子。一言以蔽之，就是沒有特色，也沒有存在感。但數本來就有著覺得跟別人扯上關係很麻煩的個性，因此她的朋友很少，也從來不曾為此煩惱過。

「那，現在妳男朋友呢？」

平井興味索然地玩弄著咖啡杯問道。

「在美國。」

二美子鼓起面頰回答。

「也就是說，他選擇工作拋棄了妳？」

平井看也不看二美子一眼，一針見血地問。

「才不是！」

二美子睜大雙眼反駁。

「咦，不對，沒錯吧？不是去了美國嗎？」

平井帶著驚訝的神色回道。二美子拼命否認。

「我剛才說的，妳還是不明白嗎？」

「明白什麼？」

「我的女性自尊讓我沒辦法放下身段叫他不要去！」

「這種話是自己講的嗎？」

平井一面這麼說道，一面把身子往後仰，好像要從椅子上跌下來似地。

二美子無視平井的反應，再次強調。

「妳明白吧？」

她跟數求援。數想了幾秒鐘，望著她們倆。

「也就是說，其實妳不想讓他去美國？」

數也一針見血地反問。

「當然。雖然如此……」

二美子愉快地欲言又止。

平井看著她，無情地一語道破。

「搞不懂。」

要是換做平井，她一定會當場哭喊著：「不要走！」當然那是假哭，眼淚是女人的武器。這是平井的理論。

二美子雙眼發光地望著櫃臺後的數。

「總之，請讓我回到那一天，一星期前的那一天！」她認真地說。

聽到要回到一星期之前這種突如其來的要求，平井望著數困惑的面孔說：「她要這樣耶。」數也只是「啊，嗯。」地應對，除此之外什麼也沒說。

這家咖啡店因可以回到過去的都市傳說而出名已是幾年前的事了，當時二美子並不特別感興趣，也完全忘了這回事，一星期前來到這裡完全是偶然。

昨晚二美子漫不經心地看著電視綜藝節目，主持人一開始就提到「都市傳說」，二美子一聽有如晴天霹靂，頓時想起這家咖啡店的傳聞，雖然是片段的記憶，但「能回到過去的咖啡店」這個重點她記得非常清楚。

——要是能回到過去，說不定可以重來，或許可以跟五郎說清楚。

不切實際的希望在腦中縈繞不去，讓二美子失去了冷靜的判斷力。

次日早上，她連早飯都忘了吃，在辦公室無心工作只等著下班，她想盡快確定，能早一秒是一秒。工作時她小錯不斷，注意力散漫到連同事都忍不住問：「妳還好嗎？」愈接近下班時間，二美子的坐立不安也達到了最高點。

從公司到咖啡店，搭電車轉乘要三十分鐘，二美子幾乎是從最近的車站跑到咖啡店來的。她呼呼地喘著氣，進入店裡。

「請讓我回到過去！」

「歡迎光臨」的招呼聲未落，二美子就對著數說，然後便一鼓作氣地把事情經過說明了一遍。

但是，眼前兩人的反應讓二美子感到不安。平井只望著二美子吃吃而笑，數則一臉冷漠，連看也不看二美子一眼。

而且要是真能回到過去，這裡應該擠滿了人才是。現在店裡跟一星期前一樣，只有穿著白色洋裝的女人、攤開旅遊雜誌的男人，以及平井跟數而已。

「可以……回去吧？」

二美子有點不安地問道。或許應該一開始先問才對，但已經太遲了。

「到底怎麼樣？」

二美子逼問著櫃臺後的數。

「哎，啊，嗯……」

遭詰問的數仍然還是不看二美子的眼睛，她曖昧地回答。

但是二美子一聽到回答，立刻雙眼發亮。不是NO，不是NO。她一下子振奮了起來。

「請讓我回到過去！」

二美子好像要跳過櫃臺般氣勢磅礴地要求。

「回去要幹什麼？」

平井一面啜飲冷掉的咖啡，一面平靜地問道。

「重新來過！」

二美子的眼神非常認真。

「原來如此。」

平井聳了聳肩。

「拜託了！」

二美子比剛才更大的聲音在店裡迴響著。

最近二美子才開始意識到自己有想跟五郎結婚的念頭，今年二十八歲的她，在此之前老是被住在函館的雙親催促：「還沒打算結婚嗎？」「沒有中意的對象嗎？」二十五歲的妹妹去年結了婚，雙親的催促變得更加變本加厲，每星期都會傳簡訊過來。二美子除了妹妹之外，還有一個二十三歲的弟弟，也已經在老家奉子成婚了，所以只剩下二美子獨身。

二美子雖然不急著想結婚，但妹妹結婚讓她的心境有了變化，開始覺得跟五郎結婚也不錯。

「跟她講清楚比較好吧？」

平井從豹紋包包裡掏出香菸，一邊實事求是地說，一邊點起香菸。

「也是。」

數用沒有抑揚頓挫的聲音回應。然後繞過櫃臺，走到二美子面前，她看著二美子的眼神就像安慰哭泣的孩子一樣溫柔。

「那個，請仔細聽我說。」

「什、什麼？」

二美子緊張了起來。

「可以回去。確實可以回去，不過……」

「不過？」

「就算回到過去，不管怎麼努力，也沒辦法改變現實喔？」

二美子出乎意料地聽到「沒辦法改變現實」，一時之間會不過意來，不由得大聲地說出：「哎？」

數冷靜地繼續解釋。

「就算妳回到過去，跟去了美國的男朋友表明了心意……」

「就算表明了心意？」

「也無法改變現實。」

「哎？」

二美子一點也不想聽，她拼命掩住耳朵，但是數卻進一步說出她更加不想聽到的話。

「他去美國的事實不會改變。」

二美子全身微微顫抖，數繼續無情地說明下去。

「就算妳回到過去，坦白跟他說出：『我不想你去美國！』或許你的心意能傳達給他，但現況仍舊不會改變。」

數毫不容情的言辭讓二美子不由得大聲抗議。

「那樣不就完全沒有意義了嗎！」

「惱羞成怒也不是辦法吧。」

平井彷彿知道事情會變成這樣，一面吞雲吐霧，一面冷靜地插嘴進來。

「為什麼？」

二美子用求救的眼神對數說。

「就算問為什麼也沒用，」

數簡潔地回答了二美子的疑問。

「因為，規矩就是這樣。」

通常電影或小說的穿越故事，都有著「回到過去不能有會影響現實的行為」這樣的規矩。比方說，回到過去干擾雙親結婚，或是妨礙他們相識的話，自己便不會出生，這樣現實世界的自己就不復存在了。

多不勝數的穿越故事都有這樣的定義。當然二美子也是相信「改變過去，現實就會改變」的人之一，所以她才想回到過去，好重新來過。

可惜，那是無法實現的夢想。

比起知道了「回到過去無論如何努力，也無法改變現實」這種令人難以置信的規矩，二美子更想聽到能讓人信服的解釋；但數只用「規矩是這樣」一語帶過。

不是數壞心眼故意不說，也不是太過困難而無法說明，就只是因為──規矩是這樣。想必就連數也不明白吧，她酷酷的表情如是表示。

「真是太遺憾啦。」

平井看著二美子的臉，愉快地說道，接著呼出一口煙。想必平井從二美子開始說明的那刻起，就一直等著要說出這句拍板定案的台詞吧。

「怎麼會這樣……」

二美子全身無力，癱坐在椅子上。

她清楚地想起了雜誌上關於這家咖啡店的介紹報導。報導從「解析知名的都市傳說『能回到過去的咖啡店』真相」這個標題開始，內容大致如下：

這間叫做「纜車之行」的咖啡店，據說能回到過去因而客人大排長龍，但真正回到過去的人卻微乎其微。

到底是為什麼呢？

因為要回到過去，必須遵守非常囉唆的規矩。

第一個規矩是「就算回到過去，也無法見到不曾來過這家咖啡店的人」，因此隨著目的不同，很可能「回到過去也沒有意義」。

另一個規矩是「回到過去之後，無論如何努力，也不能改變現實」。為什麼會有這種規矩，就算再怎麼問，店家也只會回答「不知道」。

而且在採訪過程中，並沒有找到曾經回到過去的人；也就是說，這家店到底能不能回到過去完全不得而知。就算真能回去，不能改變現實，也就完全沒有意義了，不是嗎？

以都市傳說而言是很有趣，但找不出存在的意義——報導最後下了這樣的結論。報導最後補充說明，回到過去好像還有其他的規矩，但詳情不明。

等回過神來時，平井已經坐在二美子對面，愉快地說明其他的規矩。

二美子趴在桌上，盯著糖罐，心不在焉地聽著。心想，為什麼這家店的糖不是方糖啊？

「規矩還不止這樣呢。只有坐在這家咖啡店的某個位子上，才能回到過去喔。而且，回到過去也不能離開那個座位……」平井數到第五根手指時反問數：「還有嗎？」

「還有時間限制。」

數擦著杯子說道。她沒有望向這裡，好像自言自語般地補充說明。

「時間限制？」

二美子不由得抬起頭問數，數只微笑著點點頭。

「老實說，聽了這些之後，幾乎沒有人想回到過去呢。」

平井用手指輕敲桌面高興地說。不對，其實她是看著二美子感到很高興。

「很久沒有見到像妳這樣毫不遲疑，完全會錯意，直接說想回到過去的客人了……」

「平井小姐——」

數責怪地叫著平井。

「但世界上哪有這麼稱心如意的好事，還是放棄吧。」

平井一不做二不休地繼續攻擊。

「平井小姐！」

數再度警告，這次語氣稍強了些。

「沒關係、沒關係，這種事還是說清楚了比較好………哎喲？」

已經太遲了。二美子再度渾身無力地趴在桌子上，平井則是哇哈哈地笑了起來。

就在此時——

「咖啡續杯。」

離入口最近的桌位上攤著旅遊雜誌的男人對數說道。

「啊，好……」

喀啦哐噹。

「歡迎光臨。」

數的聲音在店內響起。

一個女人走進店裡，她穿著淺藍色的洋裝和米色的短外套，深藍色的運動鞋，拿著純白的托特包。女人的皮膚很白，眼睛骨碌碌地轉著，像少女般閃閃發光。

「我回來了。」

「大嫂。」

數叫那個眼睛像少女般骨碌碌地轉著的女人「大嫂」，正確說來，是她堂哥的太太，所以是堂嫂。這個女人叫做時田計。

「櫻花都謝了呢——」

計其實沒有感到那麼遺憾，她微笑著跟數說。

「是吧。」

數不假思索地回答，態度沒有像跟二美子說話那樣客套，表情也稍微柔和了些。

「歡迎回來。」

平井說道。大概厭倦了捉弄二美子，她從桌位起身，走向櫃臺。

「妳上哪兒去了？」

平井對著計問道。

「醫院？」

「定期健康檢查？」

「對。」

「今天臉色不錯啊？」

「是吧。」

計歪著頭，瞥了趴在桌上的二美子一眼，平井微微搖頭，她就直接走進櫃臺後方的房間裡去了。

喀啦哐噹。

計走進後面的房間之後，過了一會兒有個高壯的男人走了進來，他彎著腰避免撞到頭。他穿著白色的廚師服和黑長褲，披著一件短外套，右手拿著一大串哐噹作響的鑰匙。這個男人叫做時田流，是這家咖啡店的老闆。

「歡迎回來。」

數對流說道。流微微點頭，一雙細長的眼睛望向在離入口最近的桌位上攤著旅遊雜誌的男人。

數替平井默默遞出的咖啡杯續杯，然後走進廚房。平井支著手肘靜靜地看著流，流則在攤著雜誌的男人面前站定。

「房木先生。」

他用柔和的聲音叫喚著。

被稱為房木的男人，一瞬間好像不確定是不是在叫自己，慢慢地抬起頭看著流。

「你好。」

流輕聲地打聲招呼。

「……你──好。」

被稱為房木的男人面無表情地回應，回答之後，視線再度回到雜誌上。

流就這樣看著那位叫房木的男人。

「數。」

他朝廚房方向叫喊。

「什麼事？」

數從廚房探出頭來回應。

「幫我打電話給高竹小姐……」

數瞬間吃了一驚。

「因為她在找他。」

流說完再度望向房木，數立刻明白了他的意思。

「啊，嗯。」

她替平井的咖啡續了杯，走到後面的房間裡去打電話。

流斜眼瞥了趴在桌子上的二美子一眼，繞到櫃臺後方，從餐具櫃裡拿了杯子，然後從櫃臺下方的冰箱裡取出紙盒柳橙汁，漫不經心地倒進杯子裡，再一口氣喝掉。接著走進廚房打算洗杯子，才剛進去，就聽到有人用指甲敲櫃臺的咔咔聲。

「……？」

流探出頭來，平井朝他招了招手，流慢慢地走出來，手都沒擦乾，平井朝他將身子稍微往前傾。

「情況怎樣？」

她輕聲問道。

「嗯？」

流一面找餐巾紙，一面回應。這回應不知是回答她的問題，還是因為找不到餐巾紙而感到不滿。

這次，平井將聲音壓得更低了。

「檢查……」

流沒有下文，微微抓了一下鼻頭。

「不好嗎？」

平井帶著認真的表情擔憂地問。

「這次好像不用住院了……」

流的表情還是沒有什麼變化，喃喃自語般說道。

「這樣啊。」

平井靜靜地嘆了一口氣說，抬眼望向剛才計走進去的房間。

計的心臟天生就不好，常常要住院，但她生性隨和，樂觀開朗，不管身體怎麼不舒服，臉上還是掛著笑容。平井很清楚計的個性，才進一步跟流確認。

流終於找到紙巾擦了手，他突然轉變話題。

「平井小姐那裡沒問題嗎？」

「什麼？」

平井一時之間顯然不知道是什麼沒問題，睜大了眼睛反問。

「令妹常常過來吧？」

「……啊，嗯。」

平井環視店內，模擬兩可地回答。

「您老家是開旅館的吧？」

「是——啦——」

流並不清楚詳細情況，他只聽說平井離家之後，旅館由妹妹繼承。

「令妹一個人很辛苦吧……」

「沒問題、沒問題，我妹她很能幹的。」

「但是……」

「事到如今，我是不會回去的。」

她忿忿地說著。接著從豹紋包包裡拿出跟字典一樣大的錢包，唏哩嘩啦地翻找零錢。

「為什麼呢？」

「回去了也不能幹嘛啊？」

她扮了個鬼臉歪著頭回答。

「但是…」

流言猶未盡地繼續說道。然而，平井馬上打斷流的話。

「謝啦！」

她拋下這句話，把咖啡的錢留在櫃臺上，像逃跑般地匆匆離開。

喀啦哐噹。

流收起平井留下的零錢，瞥向趴在桌上的二美子，但也只是看看而已，他對這個趴在桌上的女人是誰，毫無興趣。他把收起的零錢在大手裡喀啦喀啦地玩弄著。

「哥哥……」

數探出頭來叫流。

數雖然叫流「哥哥」，但他們並不是兄妹，而是堂兄妹。

「嗯？」

「大嫂找你。」

「我知道了。」

流環顧店內說道。接著把手中的零錢都給了數。

「高竹小姐說馬上就來。」

流聽了數的報告，默默地點了頭。

「拜託妳看店了。」

流說完，便走進後方的房間。

「好——」

她回應是回應了，但店裡只有正在讀小說的女人、趴在桌上的二美子，以及攤開雜誌寫筆記的那個叫做房木的男人而已。

數把手裡的零錢放進收銀機，並收拾平井的咖啡杯。

店裡三座古老的落地鐘之一低沈地敲了五下。

「咖啡……」

房木舉起杯子，叫喊著櫃臺後面的數，他剛才點的續杯還沒來。

「啊……」

數慌忙跑進廚房，拿著透明的玻璃咖啡壺出來。

☕

「就算那樣也沒關係。」

在桌子上趴了好一會兒的二美子喃喃道。

數一面替房木倒咖啡，一面用眼角瞥著二美子。

「就算那樣也沒關係。」

二美子猛地起身。

「不能改變也沒關係。就這樣也沒關係。」

她說著站起身來，毫不客氣地逼近數的鼻尖。

「呃。哎。」

數靜靜地把咖啡杯放在房木桌上，皺著眉頭後退了一兩步。

二美子步步進逼。

「所以就讓我回去吧。回到一星期之前！」

二美子豁然開朗，毫不猶疑地要求。她呼吸急促，這可能只是因為有機會回到過去而感到興奮而已。

「啊，但是，」

二美子氣勢洶洶的樣子讓數困惑，她從二美子身側閃過，逃回櫃臺後方。

「還有一個很重要的規矩……」數接著說。

「還沒完啊！」

二美子聽見這句話，皺起眉頭叫道。

無法見到沒有來過這家咖啡店的人、現實無法改變、只有某個特定的座位能回到過去、而且不能離開那個座位、然後有時間限制——二美子用手指厭煩地一一數著。

「這可能是最大的問題……」

光是這些規矩就夠煩人的了，竟然還有「最大的問題」。二美子簡直氣餒到不行。

但是，二美子緊緊咬住嘴唇，雙手抱胸，對數嗯嗯地點頭，表示決心。

「到了這個地步什麼都沒關係了……妳說吧……」

數嘆了一口氣，意思是「我知道了」，她拿著透明的咖啡壺走進廚房。

被留下來的二美子深呼吸，試圖讓自己平靜下來。

她當初的目的是要回到過去，阻止五郎去美國。阻止，說起來很難聽，但若跟五郎說「我不希望你去」的話，五郎也許就不去美國了，運氣好的話，或許可以不分手也說不定。也就是說，之所以想回到過去，就是因為「想要改變現實」。

但要是現實無法改變的話，他們分手、五郎去美國的事實全都無法改變。

然而，二美子現在非常想回到過去，想回去看看。回到過去這件事本身已經成為目的了。能親身體驗這種不可思議的現象，讓二美子非常激動。她不知道這是件好事還是壞事，但能有回到過去的經驗，絕對是有益無害的。她是這麼跟自己說。

她深深呼了一口氣，數走了回來，她像是聽取判決的被告一般滿臉緊張。

「只有坐在這家咖啡店某個座位上的時候，才能回到過去……」

數在櫃臺後面說道。

「哪裡？要坐在哪裡？」

二美子一聽馬上反問。她左右轉頭環顧室內，用力到好像要發出呼呼般的聲音。

數不理會二美子的反應，只靜靜盯著那位穿著白色洋裝的女人，二美子察覺數的視線，便順著望向那個方向。

「就是那個座位。」數靜靜地說。

「……那個女人坐的位子？」

二美子望向穿著白色洋裝的女人，小聲地問櫃臺後的數。

「對。」

數簡潔地回答。二美子還沒聽完，就邁步走向穿著白色洋裝的女人。

白色洋裝的女人有著白到透明的肌膚，對比強烈的黑色長髮，給人一種薄命的印象。雖然已經是春天，但天氣仍舊很涼，穿著半袖洋裝的女人身邊並沒有外套。二美子雖然覺得有點不對勁，但現在不是管這種閒事的時候。

「不好意思，可以跟妳換一下位子嗎？」

二美子對穿著洋裝的女人說道。她壓抑著焦急的心情，盡量不失禮地提出要求，但是穿著洋裝的女人毫無反應，簡直就像是沒有聽到一樣。二美子有點不爽，不過，沈浸於書本中而沒有聽到周遭的聲音，這也是有可能的。

「不好意思……？妳聽見了嗎？」

她心想一定是如此，便再度開口。

「……」

穿著洋裝的女人仍舊沒有任何反應。

「沒用的。」

二美子背後傳來料想不到的說話聲，是數的聲音。二美子花了一點時間，才明白數所說「沒用的」這句話是什麼意思。

——想要她讓位是「沒用的」意思嗎？禮貌地說要跟她換位子是「沒用的」嗎？等一下，這也是什麼規矩嗎？不遵守這個規矩就不行嗎？這樣的話，說「沒用的」不是有點不對嗎？

二美子腦子一瞬間迅速地轉，雖然動了腦筋，所說出來的話，仍舊是非常普通的問句。

「為什麼？」

二美子用像小孩般純樸的眼神望著數，數也直勾勾地望著二美子的眼睛。

「那個人……是幽靈。」

數清晰的腔調完全感覺不到半點虛偽。

二美子不得不再度全速轉動起腦子來。

——幽靈？嗚嗚嗚嗚的幽靈？夏天到了就出現在柳樹下的幽靈？這女的滿臉正經地這麼說，是我聽錯了嗎？幽靈、高齡？這個人因為高齡所以站不起來？這話的意思我是聽得懂，但不管怎麼看，這個穿著洋裝的女人都只有二十來歲，絕對不是高齡。

二美子雖然思緒混亂，但仍在動腦子，腦子動了半天，仍舊只問出很普通的問題。

「幽靈？」

「對。」

「開玩笑的吧？」

「是真的。」

二美子完全傻眼，這已經不是有陰陽眼那種程度的事情。坐在二美子眼前穿著洋裝的女人實在太真實了。

「但是她看起來……」二美子說。

「非常真實吧。」

數好像早就準備好答案似的回應。數迅速的回答讓二美子困惑。

「但是……」

她不由得朝洋裝女子的肩膀伸出手。

「也摸得到喔。」

數在二美子碰到洋裝女子之前說道。

再度聽到這種好像早就準備好的答案，二美子像是要確認一般把手放在洋裝女子的肩膀上。一點也沒錯，她感覺得到洋裝女子的肩膀，以及覆蓋在柔嫩肌膚上的布料。這會是幽靈實在令人難以置信。

她慢慢收回手，然後再度把手放在洋裝女子的肩上。摸起來這麼真實，說她是幽靈太奇怪了吧？——她的表情像是如此對數訴說。

「她是幽靈。」

但數只是冷靜地回答。

「……真的是幽靈？」

二美子以算得上是失禮的態度瞅著洋裝女子的臉。

「是。」

「我不相信。」

二美子怎麼也無法相信眼前的女人是幽靈。要是模模糊糊，或是不能觸摸的話還有可信度；但並非如此，不僅摸得到，也有腳。她看的書雖然書名沒見過，但應該也是到處都買得到的普通書籍。

於是，二美子想到了一個假設——其實，沒法子回到過去。

沒法回到過去，但這家店卻把能回到過去當做賣點。這麼多麻煩的規矩，多半是用來讓想回到過去的客人卻步的第一道關卡。而對於越過第一道關卡、仍舊想回到過去的客人，這一定是第二道關卡——說這是幽靈，然後把客人嚇退，洋裝女子的反應全然是為了讓人以為她是幽靈而裝出來的吧。

這麼一想，二美子就倔起來了。這要是騙人的話，那她就非要揭穿這場騙局不可，否則不甘心。

二美子非常禮貌地懇求洋裝女子。

「對不起，這個座位能讓給我嗎？只要一下子就好。」

但是洋裝女子好像完全聽不到二美子的聲音，毫無反應，繼續看書。

一直被忽視的二美子惱怒地抓住洋裝女子的兩隻手腕。

「啊，不可以這樣！」

數大聲制止。但是——

「喂！不要不理我！」

二美子一邊說著，一邊想要強行把洋裝女子拉離座位。

就在此時——

「！」

洋裝女子突然睜大了眼睛，瞪著二美子。二美子立刻感覺到自己的身體好像沈重了好幾倍，身上彷彿瞬間堆上了幾十床棉被似地。店裡的照明像是燭光般搖曳，然後黯淡下來，不知從哪裡傳來了亡靈呻吟似的陰沈聲響，籠罩著店內。二美子無法動彈，當場跪下去，雙手撐著地板。

「討厭，這是怎麼了？這是怎麼了？」

二美子完全不明白究竟發生了什麼事。

「這是詛咒。」

數帶著「哎喲真是的」表情，簡潔地說明，但二美子一時之間還沒能會意過來。

「哎？」

她的回答像是呻吟。看不見的力量越來越沈重，她全身趴在地上。

「什麼？哎？這是什麼？是什麼？」

「詛咒……要是想強迫她的話，就會被詛咒。」

數說著，任由二美子趴在地上，自己則走進廚房去了。

趴著的二美子看不見數走向廚房，但因為耳朵貼在地上，可以清楚地聽到數的腳步聲走遠。二美子像淋了一身冷水般被恐懼襲擊。

「哎？騙人的吧？這到底是怎麼回事？」

沒人回答，她渾身發抖。洋裝女子仍舊以嚇人的神情瞪著二美子，跟剛才文靜看書的樣子判若兩人。

「救命啊！救命啊！」

二美子朝廚房的方向叫喊。

數不知是不是聽到了她的呼喊，翩然從廚房出來，但二美子看不見手裡正拿著玻璃咖啡壺的數。

二美子聽著腳步聲靠近，她真的完全搞不清楚是怎麼回事了。規矩、幽靈、詛咒，簡直混亂到了極點，而且數根本沒說要不要救她。

正當二美子打算再度大喊：「救命啊！」

就在此時——

「咖啡要續杯嗎？」

二美子聽見數用不慌不忙的語氣這麼說，她不由地火大了起來。

數完全不理會二美子的恐懼，也並沒有要救她的打算，只詢問洋裝女子咖啡要不要續杯。

二美子心想，說是幽靈我不相信，確實是我不好；抓住她的手腕要強迫她讓座，也是我不好；但我叫「救命」竟然不理會，還悠閒地問咖啡要不要續杯的人是怎樣！幽靈的咖啡怎麼會要續杯啊！

她心裡這麼想著，但沒有說出口。

「騙人的吧！」

二美子叫道，但接著她就聽到——

「麻煩妳了。」

非常清澈的聲音，是洋裝女子的聲音。

就在那一瞬間，二美子的身體突然變輕了。

「啊……」

詛咒解開了。二美子呼呼地喘著氣，撐起上身跪在地板上瞪著數。而數只把頭傾向一邊，臉上的平靜表情像是在說：「怎麼啦？」

洋裝女子喝了一口咖啡，繼續靜靜看書。

數像是啥事都沒發生似地，端著咖啡壺走回廚房。

二美子戰戰兢兢地再度把手伸向洋裝女子的肩膀，指尖輕觸。果然在這裡，確實存在。

事態的變化讓她腦中一團混亂，但她確實經歷過了。二美子的身體被看不見的力量給壓制，雖然腦子無法理解，但心臟卻已經接受到這個狀況，拼命跳動要將血液輸送到全身。

她搖搖晃晃地站了起來，靠在櫃臺旁。數從廚房走出來。

「真的是幽靈嗎？」

二美子的眼睛不安地轉動著，問道。

數只說：「對。」然後替櫃臺上的糖罐添砂糖。

對二美子而言，這是從來沒有過的經驗，但對數而言，就跟替糖罐添砂糖一樣，是稀鬆平常的小事。

雖然難以置信，二美子還是如此想著。幽靈跟詛咒如果是真的話，那麼，能回到過去搞不好也是真的。

二美子本來半信半疑，覺得「可能回到過去」，在經歷了「詛咒」之後，讓她幾乎確定「可以回得去」了。

但有個問題，規矩是一定要坐在某個座位上才能回到過去，但是幽靈坐在那個位子上，也沒法溝通，若強迫她移動就會被詛咒，到底該怎麼辦才好呢？

「只能等待。」

數像是看透了她的疑問，如此說道。

「什麼意思？」

「她每天一定會去一次洗手間。」

「幽靈還需要上洗手間嗎？」

「趁她不在的時候坐下。」

二美子凝視數的眼睛，數微微點頭。好像只有這個辦法。

幽靈還需要上洗手間嗎？二美子這不知是疑問還是吐槽的話完全被忽略了。

「……」

二美子深呼吸，抓住的稻草絕對不能放手。要是稻草富翁*2的話，絕對不會浪費這根稻草的。

「我知道了……我等！我會等！」

「順便一提，她沒有日夜的差別。」

「好、好。」

二美子幾乎是自暴自棄地說。

「這裡開到什麼時候？」

「通常是晚上八點，要是妳願意等的話，一直待著也可以喔。」

「OK。」

二美子在三張桌子中間的那張坐下，跟洋裝女子面對面。她雙手抱胸，呼吸急促。

「等就等啊，誰怕誰！」

她瞪著洋裝女子說道。洋裝女子仍舊靜靜地閱讀小說。

「……」

數輕輕嘆了一口氣。

喀啦哐噹。

「歡迎光臨。」

門打開了，進來的是一位年約四十出頭的女人。

*注2：稻草富翁（わらしべ長者）：日本童話，描述一個窮人用一根稻草以物易物，最後成為富翁的故事。

「啊，高竹小姐。」

這個叫做高竹的女人身穿護士服，外面穿著深藍色的短外套，拿著普通的購物袋走了進來。從微微喘氣的樣子看來，可能是跑過來的，她用手撫著胸口，緩過呼吸。

「謝謝妳打電話給我。」

她略微急促地說。數微笑著點頭，消失在廚房裡。

高竹往坐在離入口最近的桌位那位叫做房木的男人走近兩三步，房木好像完全沒有注意到高竹的存在。

「房木先生。」

高竹溫柔地叫他，好像跟小孩說話一樣。

房木不知是不是沒意識到有人在喊他，一時之間沒有任何反應，然後瞥見眼角的人影，這才慢慢抬起頭。

「高竹小姐。」

房木看見高竹的身影，露出驚訝的表情。

「對，是我。」

高竹清晰地回答。

「有什麼事嗎？」

「休息時間我想喝杯咖啡……」

「這樣啊。」

房木回道，視線再度回到雜誌上。

高竹望著房木，慢慢坐在他對面的座位上，房木沒有特別的反應，只翻著雜誌的頁面。

「最近好像似乎常來這裡呢。」

高竹像是第一次來店裡的客人般四下張望。

「嗯。」

房木聽了她的話，只如此回答。

「您很喜歡這裡吧？」

「其實也不是……」

雖然否定，但應該是喜歡這裡沒錯的吧。房木露出一點微笑。

「我在等待。」

他輕聲對高竹說。

「等什麼？」高竹問。

房木把頭轉向洋裝女子坐著的桌位。

「等那個位子空出來……」

二美子並不想偷聽，但店裡很狹窄，房木說的話她當然也聽到了。

房木回答。他的表情像少年一樣容光煥發。

「咦！」

二美子得知房木跟自己一樣，在等洋裝女子去洗手間，不由得驚呼。

高竹聽到二美子的聲音，瞥了她一眼。房木並沒有露出在意的樣子。

「這樣啊。」高竹說。

「嗯。」

他簡單回應後，喝了一口咖啡。

竟然有競爭對手出現？

二美子不禁動搖，她立刻明白要是目的相同的話，自己就處於不利的狀態。二美子來這家咖啡店的時候，房木就已經在這裡了，要是按照先後順序的話，房木自然優先。二美子是沒辦法無視優先順序的人。洋裝女子一天只去洗手間一次的話，一天就只有一次機會。二美子想立刻就回到過去，竟然還要等待一天，簡直難以忍受。

意想不到的展開，讓二美子無法隱藏內心的動搖。她想確定房木來這裡是不是真的要回到過去，因此傾身向前開始明目張膽地偷聽。

「今天坐到了嗎？」

「沒辦法。」

「這樣啊。」

「嗯。」

兩人的對話正如二美子所料般不順利，她皺起臉來。

「房木先生回到過去，想做什麼呢？」

果然沒錯，房木確實在等待洋裝女子去洗手間。

二美子大受打擊，她沮喪萬分，再度趴在桌子上。備受打擊的二美子，對兩人的對話毫無影響。

「有什麼想重新來過的事嗎？」

「這個嘛，」房木思索了一下。「……是秘密。」

他像小孩一樣露出笑臉回答。

「這樣啊。」

「對。」

雖然說是秘密，高竹還是愉快地微笑起來，她望向洋裝女子坐著的桌位。

「但是今天可能已經不會去洗手間了吧？」

她說出二美子沒料到的話。

「咦！」

二美子不由得抬起頭來，好像能聽到砰咚一聲般地猛然動作。

竟然會有「可能不去洗手間」這種事？數說「一定會去」，而且每天「一定會去」一次洗手間，現在竟然聽到「可能已經不會去了」的說法，那洋裝女子今天或許已經去過唯一一次的洗手間了。不，不可能的，她不希望這樣。二美子心想：快點否定！並抱著期待傾聽房木接下來要說什麼。

「或許是這樣也說不定。」

他爽快地承認了。

騙人的吧！二美子張開嘴，幾乎要叫起來，但卻驚訝得無法出聲。

洋裝女子為什麼今天已經不會去洗手間了呢？這個叫做高竹的女人知道些什麼嗎？二美子想知道答案。

但是不知怎地，二美子沒法干預兩人之間的氣氛。雖然有察言觀色這種說法，但在二美子看來，高竹全身都散發出「請勿打擾」的氛圍。二美子不明白她為什麼不想被打擾，但是他們確實有著外人無法介入的氣氛，二美子完全束手無策。

突然間——

「那，今天就回去了吧？」

高竹溫柔地對房木說。

「哎？」

二美子的機會來了。先不管洋裝女子是不是已經去過洗手間，只要房木離開，就沒有了競爭對手。

高竹說，洋裝女子今天可能不會去洗手間了，而房木也乾脆地承認「或許是這樣也說不定」，但這僅僅是「或許可能」而已，房木接下來也非常可能會說：「就算這樣，我還是想等等看。」

要是二美子的話，一定會說「我等」。她不抱太大希望，全神貫注地傾聽房木的回答，簡直像是全身都變成耳朵了一樣。

房木瞥向洋裝女子，稍微思考了一下。

「說得也是。」

他如此回答。這也太乾脆了，二美子吃了一驚，但立刻興奮起來，感到心臟怦怦亂跳。

「那就把這個喝完。」

高竹望著還剩下半杯的咖啡，但房木大概已經想回去了。

「沒關係。已經冷掉了，所以……」

他說著，笨手笨腳地收拾桌上的雜誌、便條紙、鉛筆和信封等等，站起身來。他把建築工人常穿的那種衣襟上有洞的外套披在肩上，走向收銀台。

數不知何時已經從廚房走了出來，接過房木遞過來的明細。

「多少錢？」

房木問。數在舊型的收銀機上咔喳咔喳地打出金額，房木在手提包、胸前口袋和褲子後面口袋裡東摸西找。

「咦，錢包呢……」

他喃喃道，看來好像忘了錢包。他反覆在相同的地方尋找，但還是找不到，露出一副好像要哭出來的表情。

這時，高竹出其不意地把錢包遞到房木面前。

「……來。」

那個錢包是已經使用了很久的男用皮革製品，兩折的皮夾裡裝了許多信用卡之類的東西，厚厚的一疊。

房木盯著眼前的錢包，看了好一會兒，雖然如此，也不像是猶豫要不要接過高竹遞出的錢包。就只是呆呆地看著，最後他終於默默地接過錢包。

「……多少錢？」

他以熟悉的動作翻找錢包裡的零錢。高竹一直沒有說話，站在房木後面等他結完帳。

「三百八十日圓。」

房木拿出一個銅板交給數。

「收您五百日圓。」

數從房木手中接過錢，打開收銀機，咔喳咔喳地數著零錢。

「找您一百二十日圓。」

她慎重地將零錢和收據一起放在房木手上。

「謝謝……」

房木說道。他小心翼翼地把零錢收進錢包裡，接著把錢包放進自己的手提包，然後好像完全忘了高竹的存在一般，匆匆地離開了。

喀啦哐噹。

「謝謝。」

高竹面不改色地跟數道謝，然後追著房木走出去。

喀啦哐噹。

「一群怪人……」

二美子吐出一句話。數收拾了房木桌位上的東西，再度走進廚房。

雖然突然出現的競爭對手讓二美子吃了一驚，但現在店裡只剩下她和洋裝女子，二美子確信自己贏定了。

「這樣就沒有對手了。現在只要等那個位子空出來……」

話雖如此，店裡沒有窗戶，三座落地鐘的時間都不一樣，只要沒有客人出入，對於時間流逝的感覺，不知怎地麻痺了。

二美子恍恍惚惚地回想著回到過去的規矩。

第一個規矩是就算回到過去，也無法見到不曾來過這家咖啡店的人。

而二美子就是偶然在這家咖啡店裡跟五郎分手的。

第二，回到過去之後，無論如何努力，也不能改變現實。

也就是說，回到一星期前的那一天，就算求五郎不要走，他去美國的事實仍舊不會改變。到底為什麼會有這種規矩？二美子雖然怨嘆，但既然是規矩，那也沒有辦法。

第三，要回到過去，必須坐在某個座位上。

也就是現在洋裝女子坐的位子，而且要是想強迫她離開，就會被詛咒。

第四，就算回到過去，也無法離開座位行動。

也就是說，不管有什麼理由，回到過去的那段期間就連上廁所都沒辦法。

第五，回到過去的時間有限制。

這麼說來，關於這條規矩的詳細情況二美子還不知道，時間是長是短，也尚不明瞭。

二美子反覆思索這些規矩，每每都覺得這樣的話，回到過去不就沒有意義嗎？或是，既然無法改變現實，那我就把想說的話都說個痛快之類的。她腦中閃過各種念頭。

不斷回想著規矩，覺得腦袋開始昏沈，二美子終於趴在桌上睡著了。

二美子強行邀五郎約會到第三次的時候，聽說了他的夢想。

五郎是一般人稱的遊戲宅男，其中他特別喜歡MMORPG（Massively multiplayer online role-playing games，大型多人線上角色扮演遊戲）。五郎的叔叔參與了一個發行全世界叫做「arms of magic」的MMORPG開發工作，而五郎從小受到叔叔的影響自不待言。五郎的夢想就是進入叔叔的遊戲公司「TIP・G」工作，只不過要參加TIP・G的入社考試，需要有五年以上醫療相關系統工程師的經驗，以及個人創作的未發表遊戲程式。由於醫療相關系統攸關人命，所以不容許一點失誤；但現在許多線上遊戲發售之後，都還會繼續更新，多少可以容許一點失誤。不過TIP・G為了獲得更加優秀的程式，才要求召募的工程師必須具備醫療系統經驗。

聽他這麼說，二美子只覺得這是個非常宏偉的夢想，她甚至不知道TIP・G的總公司在美國。

第七次約會的時候，在五郎出現之前，有兩個男人跟二美子搭訕，這兩人都是帥哥，但二美子並沒理會他們。在街上被人搭訕對二美子來說是家常便飯，也早就深諳應對之道；但是五郎剛好目擊到這一幕，露出尷尬的表情。二美子立刻走到五郎身邊，兩人組滿臉輕蔑地把五郎稱之為「那種噁心的傢伙」，且進一步想勾引二美子，而五郎只是低著頭默默地站著。

「他的魅力你們完全無法瞭解（以上英語），他在工作上有面對困難的勇氣（以上俄語），也有堅持下去的精神力（以上法語），還有能將不可能化為可能的實力（以上希臘語）。為了獲得這種能力絕對需要非常大的努力，關於這點我也很清楚（以上義大利語）。我不認識比他更具魅力的男人了（以上西班牙語）。」

二美子對著那兩人一口氣說完。

「要是你們聽得懂我剛才說了什麼，那我就可以跟你們約會喔？」

她用日語說道。兩人組愕然站著，面面相覷，然後尷尬地走開了。

二美子轉向五郎，微微一笑。

「當然五郎你都聽得懂吧？」

她用新學會的葡萄牙語反問。

五郎不好意思地微微點頭。第十次約會的時候，五郎坦承在此之前自己都沒有跟女性交往過。二美子還高興地說：「那我就是第一個跟你交往的女性囉？」五郎只是雙眼圓睜地聽著她說話。

兩人的交往可說就是從此時開始的。

二美子睡著後不知道過了多久，洋裝女子突然砰地一聲闔上正在看的書，呼地嘆了一口氣，從白色的包包裡拿出白色的手帕，慢慢地站起身來，接著悄無聲息地朝洗手間的方向走去。

「……」

二美子完全不知道洋裝女子去了洗手間，繼續沈睡著。

過了一會兒，數從裡面的房間走出來。現在應該還是營業時間，她穿著白襯衫、黑色背心、黑長褲、黑領結，並繫著侍酒師的圍裙。

「客人……」

數一面收拾洋裝女子桌上的東西，一面試著叫醒二美子。

「……」

「客人。」

「……嗯。」

二美子一驚，撐起身子，眼睛都還沒完全睜開，一面眨著眼，一面茫然地望著店內。最後，她終於發現眼前座位的異狀——洋裝女子不在。

「啊！」

「位子空出來了。您要坐嗎……？」

「當……當然要！」

二美子慌忙站了起來，走向能回到過去的座位。她瞪著那個位子好一會兒，從外表上看來，就是一張普通的椅子，完全沒有特別之處。

二美子的心臟怦怦地跳動著。戰勝了許多規則和詛咒，終於得到了回到過去的車票。

「這樣就可以回到一星期之前了……」

二美子深深吸了一口氣，盡快穩住心緒，慢慢地將身體滑進桌位和椅子之間。

「……」

在這張椅子上坐下，就能回到一星期之前。光是這麼想著，就讓二美子的緊張和興奮到達最高點，她氣勢洶洶地一屁股坐下。

「好，回到一星期以前！」她叫道。

「……！」

二美子滿懷期待，環視著店內。這裡沒有窗戶，不知現下是白天還是晚上；三座古老的落地鐘各自指著不同的時間，不知道現在到底是什麼時刻。然而，絕對有什麼不同。

二美子拼命地在店裡尋找自己已經回到一星期之前的證據，但是她完全看不出有何差異。就算已經回到了一星期之前，卻不見五郎的身影。

「沒有回去吧？」

二美子喃喃說道。現在仍舊沒有回到過去。

果然相信能回到過去這種非現實的事，是我太蠢了嗎？二美子無法隱藏內心的動搖。

不知何時，數已經端著放了銀咖啡壺和白色咖啡杯的銀托盤站在她旁邊。

「喂，沒有回去啊！」

二美子不由得大聲叫了起來。

「還有一個規矩。」

數臉色不變，淡淡地說。

又來了！竟然還有新規矩——要回到過去，光是坐在這個座位上是不行的——二美子一肚子氣。

「還有啊？」二美子說。

但這樣也表示並不是不能回到過去，多少讓她稍微鬆了一口氣。

數完全不理會二美子的心境，繼續說明。

「我現在替您倒咖啡。」

數把咖啡杯放在二美子面前。

「咖啡？幹嘛倒咖啡？」

「這杯咖啡倒滿了，才能回到過去……」

她完全不理會二美子的質問。二美子覺得被人無視到這麼徹底的地步，從某方面來說也蠻痛快的。

「然後，到這杯咖啡冷掉為止……」

痛快感一瞬間消失無蹤。

「哎？這麼短？」

「最後還有非常、非常重要的規矩。」

數繼續說下去。二美子也早已經有心理準備了。

「規矩還真不是普通的多……」

她一面伸手拿起放在眼前的咖啡杯，一面喃喃說道。

看起來是完全正常的咖啡杯，裡面雖然還沒有咖啡，但似乎觸感比普通的陶瓷要涼一點。她心想。

數繼續說明。

「您聽清楚了嗎？回到過去之後，請在咖啡冷掉之前喝完……」

「哎？但是我討厭咖啡……」

「這個規矩請一定要遵守。」

數猛然把臉湊到離二美子的鼻尖幾公分的地方，睜大了眼睛，低聲說道。

「咦？」

「不然您就會出事……」

「咦？咦？」

二美子大為動搖。她並不是沒有料到，回到過去這種事違反了自然的法則，那當然會有某種程度的風險；只不過她沒想到竟然會在這個時候才被告知，簡直就像是抵達終點前的陷阱。

話雖如此，已經走到這一步，就不會回頭了。二美子怯生生地望著數。

「……什麼？怎麼回事？」

「要是在咖啡冷掉之前沒有喝完……」

「……沒有喝完的話會怎樣？」

「您就會變成幽靈，困在這張椅子上。」

晴天霹靂，打在二美子的腦袋上。

「咦？」

「其實，剛剛一直坐在這裡的女士也是。」

「她沒有遵守規矩？」

「對……她見了去世的先生，不小心忘了時間吧……回過神後，咖啡已經冷掉了。」

「……就變成了幽靈？」

「對。」

二美子望著冷靜回答的數，心想，風險比想像中要高很多。

回到過去有著非常麻煩的規矩，不僅有幽靈，還被詛咒了；但是，這個有點不同。雖然可以回到過去，但只有在咖啡冷卻之前的一段時間。熱咖啡冷卻需要多少時間她不清楚，但應該要不了多久。話雖如此，也不是連討厭的咖啡都沒法喝完的時間，因此到這裡為止都還算好；然而，喝不完的話會變成幽靈又是另外一回事了。回到過去無論如何努力，就算不能改變現實，也沒有風險，雖然沒有好處，也並沒有壞處；但變成幽靈的話，那可就是大壞處了。

二美子的心意不禁動搖，她想起許多擔心的事，最嚇人的就是數泡的咖啡可能難以下嚥。要是只有咖啡的味道那還好，若是超辣的咖啡，或是山葵味的咖啡，那怎麼可能喝得完啊——。

不可能啦，是我想太多了。二美子搖了搖頭，好像要甩去瞬間的不安。

「總之，在咖啡冷掉之前喝完，就可以了吧？」

「對。」

二美子下定了決心，或者該說她決定賭氣。而數只靜靜地站著，即使二美子說：「還是算了」，她應該還是不動聲色吧。

二美子閉了一下眼睛，雙手緊握拳頭，放在膝上，集中精神深吸一口氣。

「……好。請幫我……倒咖啡……」

她望著數的眼睛，堅定地說道。

數微微點頭，右手慢慢舉起銀托盤上的銀咖啡壺，垂下眼瞼，望著二美子。

「……那就，」

再度聲明重點。

「在咖啡冷掉之前……」

她輕聲說。慢慢地把咖啡倒進杯子裡，動作非常悠然且優美，散發著儀式般的崇高氣息。

裝滿咖啡的咖啡杯上熱氣裊裊上升，二美子的桌位開始隨著上升的熱氣搖曳晃動。她害怕得閉上眼睛，自己跟熱氣一樣搖搖晃晃的感覺變得更加強烈，她不由得收緊拳頭。

會不會既不在現在也沒回到過去，就這樣變成煙霧消失了呢？二美子懷抱著恐懼和不安，回憶起剛跟五郎相識的時候。

☕

二美子和五郎相遇是兩年前的春天。當時，二美子二十六歲，五郎二十三歲。二美子在外派的工作地點碰到由別家公司派去的五郎，二美子當時在那裡擔任專案的主任。

二美子就算對手是年紀大的前輩，在工作上也毫不妥協，也因此常和同事及上司發生爭執。但她直率的性格和不遺餘力的工作態度備受好評，沒有人會說二美子的壞話。

五郎雖然比二美子小三歲，卻已經散發出三十歲的沈穩氣息。不客氣的說法，就是顯老啦。二美子一開始沒發現他比自己小，說話都用敬語呢。然而，他雖然年紀最小，卻比團隊裡任何人都能幹，身為工程師的本事也很高明，默默工作的樣子連二美子都覺得他很可靠。

有一次，他抓到了交貨日期緊迫的案子裡的Bug。所謂的Bug，就是電腦程式裡的錯誤或漏洞。就算是些微的錯誤，對醫療系統來說是致命的，也會導致無法交貨。就算找出了錯誤的原因，也比在二十五公尺的池子裡滴一滴墨水，然後再蒸餾出來還要困難。更何況已經沒有時間了，要是不能如期交貨，就是專案負責人二美子的責任。

在交貨前一星期，發現了至少要花一個月時間才能解決的問題，任誰都會覺得這下完蛋了，二美子甚至做好了遞辭呈的心理準備。

就在此時，五郎沒有來上班，也聯絡不到人。大家都開始覺得這Bug八成是五郎的錯，他覺得自己該負責，於是沒臉來見大家。當然，並沒人確定是五郎的錯，只不過失誤越重大，大家就越想把錯怪到別人頭上，而五郎不來上班，剛好被轉嫁了責任，成了代罪羔羊，就連二美子也開始懷疑事情搞不好真的就是這樣。

五郎在失聯四天之後再度出現，說是找到問題所在了。他沒刮鬍子，身上有點怪味，但沒有任何人責怪他，從他滿面疲憊的表情，很容易想像出他這幾天不眠不休的樣子。

包括二美子在內，所有成員都已放棄的難題，五郎自己一個人解決了，簡直可以稱之為奇蹟。雖然五郎身為社會人士，沒有報備就不來上班，也聯絡不到人的行為並不可取，但他工作比任何人都認真，是比任何人都優秀的程式設計師。

二美子對五郎表達了衷心的謝意，並因曾經以為這次的失誤是他的錯而向他道歉。

「那就請我喝咖啡吧。」

五郎對低著頭的二美子笑著說道。二美子瞬間墜入了愛河。

交貨完畢，外派的單位改變了之後，跟五郎就幾乎見不到面了。但二美子是行動派的，只要時間許可，她就用請五郎喝咖啡為藉口，約他去各種地方。

不管是工作還是其他方面，五郎都是自己默默埋頭苦幹的類型，只要有了目標，對其他一切便視而不見。

二美子第一次去五郎家，才知道開發MMORPG的遊戲公司TIP・G是美國的公司，五郎興高采烈地說進入TIP・G工作是他的夢想。

二美子看著他，感到不安。

——要是他的夢想實現了，他會選擇我還是夢想呢？不能這麼想。不是這樣比較的。但是……

在一起越久，就越覺得損失的重大，二美子也愈發無法確定五郎的心意。

時光流逝。今年春天，五郎精彩地通過了TIP・G的甄選，同時實現了自己的夢想。

五郎決定去美國，他選擇了夢想——二美子的不安成真了。一星期前，她就在這家咖啡店裡被告知。

二美子好像從夢中醒來一般，迷迷糊糊地睜開眼睛。

眼睛一睜開，靈魂像熱氣一樣搖搖晃晃的感覺立刻就消失了，之前好像麻木的手足也都有了感覺。二美子慌忙觸摸自己的臉和身體，確定自己存在。

回過神來時，眼前有個男人訝異地看著二美子奇怪的舉動，毫無疑問這個男人就是五郎，分明已經前往美國的五郎就在面前，二美子這才確切感覺自己回到了過去。

她立刻就明白五郎滿面訝異的原因。她的確回到了一星期前，店裡跟記憶中一模一樣，最靠近門口的位子上，坐著一位叫做房木的男人正在看雜誌，平井坐在櫃臺的位子，而數在櫃臺後面，五郎則坐在她對面的桌位。

不過，又有一點不同……

一星期前，二美子坐的位子是在五郎對面，但現在她坐在洋裝女子的位子上，因此五郎仍舊在她對面，卻隔了一個桌子。好遠——。

好遠，不近，非常不自然！怪不得五郎滿面訝異。

「……」

雖然不自然，但她無法離開這個位子，因為規矩就是這樣。要是被問到為什麼坐在這裡，她也不知該如何回答。二美子吞了一口唾液。

「那，我差不多，該走了……」

五郎雖然滿面訝異，但卻完全沒提不自然的座位這件事，只說了她曾經聽過的台詞。這可能是回到過去時的潛規則吧，二美子自己隨便解釋。她從五郎的話判斷出自己回到過去的時間點。

「啊，沒問題、沒問題，你趕時間吧？我也趕時間，所以……」

「什麼？」

「對不起……」

他們各說各話。二美子雖然知道自己回來的時間點，但她畢竟是第一次經歷，頭腦有點混亂。

「……」

二美子試著要讓自己鎮定下來，她抬起視線打量著五郎的樣子，接著啜了一口咖啡。

「溫的！這咖啡是溫的！這樣不是立刻就冷掉了嗎！」

二美子非常驚愕。這已經是可以一口氣喝掉的溫度了，她完全沒料到的陷阱。二美子恨恨地瞪著數。

後者仍舊一如往常般冷靜得討人厭，而且——

「……好苦。」

比想像中要苦多了，這是迄今二美子喝過最苦的咖啡。

二美子難以理解的發言讓五郎一臉困惑。

「……」

五郎搔著右眉上方，看了看手錶，他在擔心時間，理由二美子也明白。

「啊，哎，這有很深刻的原因……」她急忙說道。

二美子說著把眼前糖罐裡的砂糖加進杯子裡，還加了許多牛奶，然後迅速喀喳喀喳地攪動。

「原因？」

五郎皺著眉頭。不知道是覺得二美子加了太多砂糖，還是不想探究深刻的原因。

「……總之，我想把話說清楚。」

五郎再度看錶。

「稍微等一下……」

二美子試了試咖啡的味道，嗯嗯地點頭。

二美子是在認識五郎之後才開始喝咖啡的，契機是她用請五郎喝咖啡為藉口，開始不斷約他出來。不喜歡咖啡的二美子拼命加糖和牛奶，五郎不禁失笑。

「哇，你在想這麼重要的時候還喝什麼咖啡……」

「……我沒有。」

「你有！你心裡想什麼都寫在臉上了！」

二美子尖聲反駁。

「……」

「……」

果然話說不下去了。二美子非常後悔，好不容易回到過去，又跟一星期以前一樣，像個鬧彆扭的孩子一樣說話，讓五郎退避三舍。

五郎尷尬地站了起來，對櫃臺後面的數說：

「對不起……多少錢？」

五郎伸手要拿帳單，二美子知道這樣下去，五郎就會付了帳直接離開。

「等一下！」

「沒關係，這點小錢。」

「我不是為了要說這個才來的。」

「什麼？」

——不要走。

「為什麼不跟我說？」

——我不想讓你走。

「那是因為……」

「我知道這工作對你來說非常重要……你要去美國也沒關係……我並不反對……」

——我以為可以一直跟你在一起。

「但是，至少，」

——這麼想的只有我嗎？

「我希望你能跟我商量……竟然完全不商量就自己決定了……」

——我真的……

「那實在有點，」

——非常愛你！

「太淒涼了……」

「……」

「我想說的……」

——雖然事已至此……

「就只有這樣。」

二美子覺得既然無法改變現實，那就坦白說出來好了，但卻做不到，她覺得說出來的話就輸了。我跟工作，你要選哪一邊？她不想說這種話。在認識五郎之前，二美子一心只有工作，只有這種話她絕對不想說，她不想成為跟比自己小三歲的男朋友說這種軟弱話的人，她有她的自尊。五郎在事業上的成就超越她，或許她也有點嫉妒，所以沒辦法坦誠說出來。

但是，一切都已經太遲了。

「沒關係，去吧……已經無所謂了……反正不管說什麼，你去美國的事實也不會改變……」

「……」

二美子說著，並把咖啡一口氣喝完。

「呼。」

喝完之後，那種目眩般搖曳晃動的感覺再度籠罩了二美子。

——**我到底是來幹什麼的？**

二美子正在這麼想的時候——

「我一直……」

五郎喃喃開口說道。

「我一直覺得……自己配不上妳。」

二美子一時之間不知道五郎在說什麼。

「每次妳邀我喝咖啡，我都跟自己說不可以喜歡上妳……」五郎繼續說。

「哎？」

「我這副模樣……」

五郎一邊說著撩起右眉上方覆蓋的瀏海，從右眉上方到右耳有很大的燒傷痕跡。

「我在認識妳之前，女孩子都覺得噁心，連話也不跟我說。」

「我呢，」

「在與妳開始交往之後，」

「（**這種事我根本不在乎！**）」

二美子叫道，但她已經變成煙霧，五郎聽不到她所說的話。

「總覺得妳有一天……那個，會喜歡上其他的帥哥……」

「（**才不會呢！**）」

「我一直這麼想，所以……」

「（**才不會呢！**）」

二美子第一次聽到五郎的告白，大受衝擊。但聽他這麼說時，她也想起來了。二美子越喜歡五郎，越想跟他結婚，就越覺得兩人之間有一堵無形的牆。問他喜不喜歡自己，他會點頭，但卻沒有從五郎口中直接聽到「我喜歡妳」。一起走在街上，五郎不時會愧疚地搔著右眉上方並低下頭，他也很介意街上其他男人望著二美子的視線。

——沒想到他竟然介意這種小事。

但就在這個念頭浮現的一瞬間，二美子便後悔了。就算對二美子而言是「這種小事」，但對五郎來說，卻是多年來苦惱的心結。

——我竟然，一點都不瞭解他的心情。

二美子的意識漸漸模糊，目眩般的搖曳晃動籠罩了她全身。

五郎拿起帳單，拉著登機箱走到收銀機前。

——現實完全沒有改變。沒有改變是對的，他做了正確的選擇。我完全沒有跟他的夢想相提並論的價值。放棄五郎吧！放棄他，然後打從心底祝福他成功吧！

二美子慢慢閉起通紅的雙眼。

就在此時——

「三年……」

五郎背對著二美子喃喃道。

「……希望妳等我三年……我一定會回來的。」

他的聲音雖小，但店內狹隘，變成煙霧的二美子也能清楚聽到五郎的話。

「等我回來……」

五郎仍舊背對著二美子，伸手搔右眉上方，咕噥了一句什麼。

「……咦？」

在這瞬間，二美子的意識就像搖曳的熱氣般消散了。

意識消散的時候，她看見五郎在離開咖啡店前轉過頭來。雖然只是一瞬間，但那張臉帶著溫柔的微笑說：

「到時再請我喝咖啡吧。」

回過神來時，二美子一個人坐在那個位子上。

她覺得自己好像做了一場夢，但眼前的咖啡杯空了，嘴裡還殘留著甜味。

「……」

不一會兒，洋裝女子從洗手間出來，她看見二美子坐在自己的位置上，悄無聲息地走了過來。

「走開。」

她用低沈又有奇妙魄力的聲音說道。

「對，對不起……」

二美子慌忙回應，她邊說著邊站起身來。

那種作夢的感覺尚未消失，自己真的回到過去了嗎？既然現實不會改變，從過去回來沒有感覺到任何變化，也是理所當然的。

廚房飄來咖啡的香味，數端著剛泡好的咖啡走出來。

好像沒有發生任何事一般，數經過呆站著的二美子面前，走到洋裝女子的桌位，撤下二美子用過的咖啡杯，把新的咖啡放在洋裝女子面前。洋裝女子微微頷首致意，再度開始看書。

「……怎麼樣啊？」

數一面走向櫃臺，一面順口問道。

這句話終於讓二美子感覺自己真的回到了過去——那一天，一星期前的那一天。

既然如此——

「……那個，」

「嗯。」

「現實並沒有改變，對吧？」

「對。」

「但是以後呢？」

「您這麼問的意思是？」

「從現在開始……」

二美子謹慎地選擇言辭。

「……從現在開始，未來的事呢？」她問。

「未來還沒到，所以就端看客人自己了。」

數面對二美子說道，第一次露出了微笑。

「……」

二美子的眼睛閃閃發亮。

「咖啡錢……加上夜間加成，是四百二十日圓……」

數說道，她靜靜地站在收銀機前。二美子用力點頭，然後走向收銀台，她的腳步很輕快。

二美子付了四百二十日圓，直直地看著數的眼睛。

「……謝謝。」

她說完深深低下了頭，接著慢慢地環視店內，並不是特別針對什麼人，若硬要說的話，是對這家咖啡店鞠了個躬，颯爽地走了出去。

喀啦哐噹。

數若無其事地打開收銀機，洋裝女子微微一笑，靜靜闔上那本叫做《戀人》的小說。

第二話　【夫婦】

這家咖啡店，沒有空調這種設備。

明治七年開張，到現在已經超過一百四十年了，內部多少修繕過，但裝潢幾乎仍舊是當時的樣子。順便一提，明治七年當時一般都使用煤油燈。現代風格的咖啡店據說是明治二十一年開幕的，所以這間咖啡店還早了十四年。

咖啡是在江戶時代，德川綱吉當將軍時傳入日本的。只不過好像不合當時日本人的口味，沒有人喜歡喝咖啡。的確，可能認為咖啡只是一杯又黑又苦的水吧。

隨著電力普及，開店當時的煤油燈被電燈所取代，但冷氣機會破壞店內的景致，所以一直到現在都沒安裝。

這樣的咖啡店當然也有夏天，雖然位在地下室，白天氣溫要是超過三十度，店內就會很悶熱。天花板上有吊扇，是那種扇葉很大的電動風扇，應該也是後來才加裝的，但是吊扇的風力並不強，基本上，目的只是為了讓空氣循環而已。

日本歷史上有記錄的最高氣溫，是二〇一三年八月十二日，在高知縣江川崎觀測到的四十一度。這種吊扇在那樣的熱天根本毫無作用。

但是，這家咖啡店就算在盛夏也仍舊有絲絲涼意。

是誰讓店裡那麼涼快？除了店員之外沒人知道，也不可能知道。

雖然是初夏，路面已經跟盛夏一般酷熱的某日下午。

店裡有個年輕女郎坐在櫃臺邊，不知在寫些什麼，她手邊放著一杯冰塊融化稀釋了的冰咖啡。女郎穿著很適合夏天的白色荷葉邊T恤、灰色的開衩緊身裙和繫帶涼鞋，挺直脊樑默默地在櫻花色的便箋上寫字。

櫃臺後皮膚白皙的窈窕女子時田計，像少女般的雙眼閃閃發光地望著她。計應該是很好奇她在寫什麼，不時帶著孩童般天真無邪的表情偷瞥女郎手邊。

店裡除了在櫃臺寫信的女郎之外，白洋裝女子坐在慣例的位子上，而坐在最接近入口桌位的男人叫做房木，他今天也把雜誌攤在桌上。

寫信的女郎呼出一口氣，計也隨之嘆了一口氣。

「對不起，我待太久了。」

女郎把寫完的信放進信封裡。

「……沒關係。」

計瞥向自己腳邊回道。

「這個……能幫我轉交給家姐嗎？」

女郎非常有禮貌地雙手將裝著信箋的信封遞到計面前。

女郎名叫平井久美，是這家咖啡店常客平井八繪子的妹妹。

「啊，但是，令姊的話……」

計欲言又止，話說到一半，嘴一張一闔。

「……」

久美把頭傾向一邊，訝異地望著計的臉。

「把這個交給令姊？」

計若無其事地微微一笑，望向久美手上的信封。

久美有點遲疑。

「她可能不肯仔細看……但還是拜託您。」

她說完後深深的鞠躬，太過客氣的態度讓計有點惶恐。

「我知道了。」

計說道。然後戒慎恐懼地一面鞠躬回禮，一面雙手接過那封信。

接著，久美走向收銀台。

「多少錢？」

她問道。同時把帳單遞給計。

計小心翼翼地把剛剛收下的信封放在櫃臺上，接過帳單開始打收銀機。

收銀機正式的名稱叫做現金出納機（cash register）。這家店的收銀機，可能是現存還在使用的同類機器中最古老的。說是古老，也並不是從開店就存在了，這家店導入收銀機是從昭和時期開始。這台收銀機外表很接近打字機，為了防盜，本體就有四十公斤重，打入金額時會喀喳喀喳地發出很大的響聲。

「咖啡和土司麵包、咖哩飯、什錦百匯……」

久美似乎吃了不少東西，帳單不止一張，計打入第二張帳單。

「咖哩抓飯、香蕉冰淇淋蘇打、咖哩豬排……」

通常可能不會把帳單上的品項一一唸出來，但計並不在乎。她打入金額的樣子就像是小孩玩玩具一樣天真無邪，且興高采烈。

「還有古岡佐拉藍起士麵疙瘩、雞肉紫蘇奶油義大利麵……」

「吃太多了吧？」

久美稍微提高了聲音說。一一唸出品項似乎讓她不太好意思，可能是想說：「可以了，不用唸下去了啦！」

「吃太多了。」

說話的不是計，而是翻閱雜誌的房木聽到唸出來的帳單，小聲咕噥道。

計吃了一驚，久美連耳朵都紅了。

「多少錢？」

她問道。但是帳單還沒打完。

「啊，還有總匯三明治和烤飯糰、追加的咖哩飯，喔，還有冰咖啡。總共一萬零兩百三十日圓。」

計微笑說道。閃亮的眼睛骨碌碌地轉著，她完全沒有惡意。

「那就這些。」

久美從錢包裡拿出兩張鈔票。計接過錢，熟練地用手指彈了兩下。

「收您一萬一千日圓。」

收銀機再度喀喳喀喳地打了起來。久美一直低著頭站在原處。

叮——，收銀機的抽屜彈出來，計撿出零錢。

「找您七百七十圓。」

計把零錢遞給她，再度微笑，閃亮的眼睛骨碌碌地轉動。

「謝謝。」

久美再度慎重地鞠躬道謝。

自己吃的東西被一一唸出來讓她非常不好意思，她轉身幾乎像是逃跑一般打算離開。但是——

「啊！」

計把久美叫住。

「什麼？」

久美停下腳步，轉身面對計。

「要跟令姊……」

計瞥著自己腳邊。

「說些什麼嗎？」

計毫無意義地伸出雙手揮舞著說。

「不用了，都寫在信裡了。」

久美毫不遲疑地回答。

「說得也是……」

計彷彿感到很遺憾，微微縮起肩膀說道。

計的關心似乎讓久美很高興，她微笑起來。

「要是不麻煩的話……」

稍微想了一下後，說道。

「是的。」

計的表情豁然開朗。

「就說爸爸跟媽媽已經不生氣了……」

「爸爸跟媽媽已經不生氣了。」

計又刻意出聲復誦。

「……對，請替我轉達。」

「我知道了！」

計骨碌碌地轉著發亮的眼睛，嗯嗯地點了兩次頭，高興地回應。

久美慢慢環視店內，再度禮貌地跟計鞠躬，然後離開了咖啡店。

喀啦哐噹。

「……吵架了嗎？妳跟令尊令堂……」

計目送久美走出咖啡店的門口，然後轉過身，對著空無一人的櫃臺說道。

一個沙啞的聲音從沒人的櫃臺下方傳出。

「他們跟我斷絕關係了啦。」

平井探出頭來。

「妳聽到了吧？」

「聽到什麼？」

「令尊令堂好像已經不生氣了。」

「誰知道……」

平井大概是在櫃臺下蹲得太久了，像老太婆一樣彎著腰蹣跚地從櫃臺後走出來。她頭上仍舊纏著髮捲，穿著誇張的豹紋上衣、粉紅緊身裙和海灘鞋。

「感覺起來是個好妹妹啊？」

平井聳了聳肩。

「別人看來是吧。」

她邊說著邊在久美剛剛坐的位子上坐下，從豹紋小包包裡拿出香菸點火。香菸的煙裊裊升起，平井茫然地望著煙，很難得地露出認真的表情，心思好像飄到遠方去了。

「怎麼啦？」

計問道。她在平井背後轉身走回櫃臺後方。

「她恨我啊。」

平井呼地吐出一口煙，喃喃道。

「恨妳？」

計反問，大大的眼睛睜得更大了。

「她不想繼承家業啊……」

計一時之間好像不明白平井的話中含意，把頭歪向一邊。

「旅館……」

平井的老家在宮城縣仙台市經營一家有名的高級旅館，雙親希望平井能繼承家業，但十三年前平井離家出走後，旅館就由妹妹久美繼承了。雙親雖然都還健在，但因年事已高，現在久美是小老闆娘，管理旅館大小事務。

久美自從當上小老闆娘後，就會定期到東京來找平井，想說服她回老家去。

「我早跟她說過了，我不會回去的。她還是一直來一直來，一直來一直來……」

平井用兩手屈指計算。

「真是有夠煩人的了。」

她帶著受夠了的表情說道。

「就算這樣也不必躲起來啊……」

「我不想看。」

「看什麼？」

「她的臉。」

計把頭傾向一邊。

「全寫在她臉上啊！都是姊姊的錯，害我得當完全不想當的旅館老闆娘，要是姊姊回來我就可以自由了……諸如此類的。」

平井厭煩地說明，但是——

「她臉上沒寫這些啊。」

計嚴肅地回答，不過她這種天真的發言，平井早已習慣。

「總之，」

平井打斷了計。

「我可不想讓人責備。」

她皺著臉吐出一口煙。

計再度歪著頭。

「哎喲，討厭，已經這麼晚了……」

平井好像故意這麼說，接著在煙灰缸裡把菸捻熄。

「我得去開店了。」

她說著站起來，伸個懶腰。

「躲了三小時腰都痛了……」

平井捶著腰間，拖著海灘鞋趴哒趴哒地走向門口。

「啊，信……」

歪著頭的計好像突然想起來，小心地拿起信封，遞給平井。

「丟掉就好。」

她看也不看那封信一眼，揮動著右手說道。

「妳不看嗎？」

「不用看也知道裡面寫什麼啦……旅館只有我一個人照顧，實在太辛苦了，妳快點回來吧，工作內容現在開始學也不遲……之類的。」

平井說著。這次從豹紋小包裡拿出跟字典一樣大的錢包，唏哩嘩啦地把咖啡錢放在櫃臺上。

「掰啦。」

她說完以逃跑之姿離開了。

喀啦哐噹。

「雖然叫我丟掉……」

計帶著困惑的表情望向久美的信。

喀啦哐噹。

計呆呆地站著，牛鈴再度響起，平井出去之後，時田數走了進來。

數是這家咖啡店老闆時田流的堂妹，在上美術大學，沒課的時候就會在這裡當服務生。

今天她跟流一起去採買食材，現在才回來。兩手提著幾個購物袋，左手無名指上鉤著車子和其他鑰匙的鑰匙圈，穿著輕便的T恤和牛仔褲，看起來比打著領結圍著侍酒師圍裙的工作裝扮要年輕許多。

「回來啦。」

計拿著那封信，微笑著說。

「對不起，回來晚了。」

「沒關係、沒關係，我閒著也是閒著。」

「我馬上去換衣服。」

數比繫著領結時的表情要豐富，她吐了吐舌頭，走進裡面的房間。

計仍舊拿著那封信。

「那個人呢？」

她望著咖啡店的入口，對裡面房間的數說。

這家咖啡店食材的採買是由數和流兩個人負責，進貨的品項並不多，這是因為流對食材很挑剔，挑剔到往往大幅超過預算，所以採買的時候數負責監視他，這時計就得一個人看店，有時候流沒買到滿意的食材，就會自己一個人跑去喝酒。

「啊，他說會晚一點回來……」

數含糊地回道。

「又去喝酒了吧？」

數探出頭來。

「……我來當班。」

她帶著歉意說。計睜著骨碌碌的大眼睛，拿著信走進裡面的房間。

店裡只剩下靜靜看小說的洋裝女子和房木，雖然是夏天，兩人還是喝著熱咖啡。估計有兩個理由：第一是熱咖啡可以無限續杯；第二是店裡一直都很涼爽，對長時間一直坐著的兩人來說，喝熱咖啡也毫無問題。

過了一會兒，數以平常服務生的打扮出現了。

雖然初夏，但外面已是超過攝氏三十度的大熱天，不過只從幾十公尺外的停車場走回來，就滿頭大汗流個不停。

數用手帕擦拭前額，「呼」地嘆了一口氣。突然間——

「那個……」

攤開雜誌翻閱的房木抬起頭來說。

「是！」

數可能吃了一驚，稍微提高了聲音回答。

「咖啡……可以幫我續杯嗎？」

「啊，好的——」

不是平常冷靜的態度，她的回答不知何故還殘留著剛才穿著T恤時的天真氛圍。

「……」

房木一直盯著數走進廚房。

這個叫做房木的男人，每次來都坐在同一個位子上，要是有人先坐了，他就直接離開，也不會在別的位子上就坐。他並不是每天都會來，一星期兩三次，中午過後出現，會把旅遊雜誌攤在桌上，不知寫些什麼，從第一頁看到最後一頁，看完之後他就會離開。在這段時間裡，他只點熱咖啡。

這家咖啡店的咖啡是一般俗稱的摩卡，用的是衣索比亞產的上等咖啡豆，香氣極佳；另一方面來說，酸味很強，很具特徵，也有人敬而遠之。

這家店因為流的堅持而只提供摩卡，房木很喜歡喝這種咖啡，而且這裡的空間很舒適，適合花時間慢慢地翻閱雜誌。

數端著玻璃咖啡壺，從廚房出來替房木續杯。

若是平常的話，房木都一面看雜誌一面等咖啡續杯，但今天不一樣，不知怎地，帶著訝異的表情盯著數的面孔看。

「……」

房木跟平日的態度不一樣，數覺得應該是除了咖啡續杯之外，還有其他事情想問她吧。

「怎麼啦？」

她笑著詢問。

「……妳是新來的打工妹嗎？」

房木不好意思地回她一笑，如此問道。

「……」

數表情完全沒變，把杯子放在房木面前。

「……嗯，對。」

她只這麼回答。

「這樣啊。」

房木應道，微微一笑。可能是覺得表明了自己是常客的身分而覺得很愉快吧，但也只是這樣而已，他馬上又跟平常一樣繼續看雜誌。

數若無其事地繼續平靜地工作。說是工作，因為沒有其他客人，她只擦拭了洗好的杯子和盤子，然後放回架子上而已。

數一面工作，一面從櫃臺後跟房木搭話，店裡很小，不用大聲也能對話。

「這裡……」

「……？」

「您常常來嗎？」

「嗯……」

數順著房木的話繼續往下說。

「您知道嗎，這家咖啡店的都市傳說……」

「嗯，知道得很清楚。」

「那個座位的事也……」

「知道。」

「所以客人，您也是想回到過去？」

「是的。」

房木毫不遲疑地回答。

數停下手邊的工作。

「回到過去，那個……您想做什麼呢？」

她問了房木有點私人的問題。這是平常的數絕對不會問的問題，她也覺得這不像是自己會詢問的。

「啊，對不起……」

她馬上說道。接著低下頭，停下的手再度開始動作，別開視線不看房木。

「……」

房木望著低下頭的數，慢慢地從包包裡拿出一個樸素的牛皮紙信封，那個信封應該已經頗有些時日了，四角都已經起皺。信封上沒有寫字，但裡面應該是信吧。

房木小心翼翼地用雙手拿著信封，舉在胸前讓數看。

「那是？」

數再度停下手問道。

「給我太太……」

房木的聲音像是自言自語般的小聲咕噥。

「把這個給我太太……」

「……是信嗎？」

「對。」

「給尊夫人……」

「對，因為我錯過了機會沒給她……」

「那您是想回到當初要給她的那一天嗎？」

「對。」

到目前為止，房木的回答都毫不遲疑。

「那麼，尊夫人現在在哪裡呢？」

房木無法立刻回答數這個問題，他沈默了一會兒。

「這個嘛……」

數望著房木等待回答。

「我不知道。」

房木說，他的聲音小到幾乎聽不見。他開始搔著腦袋，應該也是因為不知道自己的太太在哪裡而感到困惑，表情有點僵硬。

數沒有說什麼，但房木好像想解釋。

「啊，但是，我真的有太太的……」

他慌忙的補充說明。

「她名叫……」

房木一面說，一面用手指咚咚地敲著前額。

「咦……」

他把頭微微傾向一邊。

「她叫什麼名字來著？」

他說著，再度沈默下來。

計不知何時從裡面的房間走出來，她可能是聽到了剛才的對話，臉色明顯不太好。

「真是奇怪，不好意思啦。」

房木說著，哈哈哈地輕笑起來。

數臉上複雜的表情不知該說是冷靜還是悲傷。

「沒關係。」

她只如此回答。

喀啦哐噹。

數無言地望向門口，不由得「啊……」地叫出聲來。

走進來的人是高竹。

高竹在附近的醫院當護士。今天應該是沒上班，所以沒有穿護士服，穿的是一件淡黃色的寬鬆罩衫和深藍色的七分鬆緊褲。她取下肩上背的黑皮包，一面走進來，一面用淺紫色的手帕擦拭額上的汗水。

高竹對櫃臺後的兩人輕輕打招呼，馬上走到房木桌邊。

「房木先生，今天也到這裡來啦？」她對他說。

房木訝異地盯著叫著自己名字的高竹，然後垂下眼瞼，低著頭不說話。

房木跟平常不同的態度可能讓高竹有些困惑，心想，他可能身體不舒服。

「房木先生？你還好嗎？」

她溫柔地問道。

「……我們以前，見過面嗎？」

房木抬頭望著高竹的臉，好像很不好意思這麼說。

「……」

高竹臉上的笑容瞬間消失了，她拿著擦汗的淺紫色手帕無聲地掉在地上。

房木得了早發性阿茲海默症，有記憶障礙。

阿茲海默型的失智症會讓腦部的神經細胞急速減少，腦子會病態萎縮，造成智能低下或人格改變等因個人而有所差異的症狀。由於腦子的部分機能低下，雖然有些事會忘記，但有些事仍舊記得，這種疾病特徵叫做「片斷痴呆」。

房木的症狀是新的記憶慢慢消失，本來乖戾的性格變得圓融。也就是說，房木雖然記得自己有太太，但是卻不記得站在面前的高竹就是自己的太太。

「……啊，沒有。」

高竹小聲地說，接著後退了一兩步。

數只靜靜地站著，望向高竹，計則臉色蒼白地低著頭。

高竹慢慢地轉過身，走向離房木最遠的裡面櫃臺位子坐下。坐下之後，她才發現掉了手帕，但是高竹表現得好像那手帕不是她的一樣，沒有動作。

房木發現手帕掉在腳邊，於是撿了起來，望著手帕好一會兒，然後站起來，走到高竹坐著的櫃臺位子旁邊。

「不好意思，我最近不知怎地健忘得厲害……」

他低下頭。

「沒關係。」

高竹不看房木，只用顫抖的手接過手帕。

房木再度微微頷首，蹣跚走回自己的座位。雖然坐下了，但卻好像坐立不安，他翻了幾頁雜誌，搔著自己的腦袋，過了一會兒，房木伸手拿起咖啡，喝了一口。

咖啡分明是剛剛才續杯的——

「……咖啡已經冷了。」他喃喃道。

「我替您換一杯吧？」

數立刻說，但房木匆匆站起來。

「今天我就先回去了。」

他很快說道。接著開始收拾桌面上雜誌之類的東西。

「……」

高竹把手放在膝上，緊緊握著手帕，動也不動。

房木走到收銀台前，遞出帳單。

「多少錢？」

「……三百八十日圓。」

數一面偷瞥高竹一面回答，喀喳喀喳地在收銀機上打金額。

「三百八十圓……」

房木掏出舊舊的男用錢包，拿出一張千圓鈔。

「……那就這樣。」

他把鈔票遞給數。

「收您一千圓。」

數接過鈔票，打開收銀機的時候，房木也偷偷地看著高竹，但是他並沒有任何行動，只是緊張地等待找錢。

「……」

「找您六百二十圓。」

房木很快伸手接過零錢。

「謝謝。」

他好像感到抱歉似的說道，很快離開了店裡。

喀啦哐噹。

「感謝惠顧……」

房木離開後，大家都沈默了好一會兒，只有洋裝女子沒事人似的平靜地繼續看書。

店裡彷彿所有聲音都消失了一般，一片沈寂。

這家咖啡店原本就不放音樂，能聽到的聲音只有落地鐘鐘擺的滴答聲，和洋裝女子翻書頁的聲音。

「高竹小姐……」

沈默了一會兒之後，數對坐在櫃臺位子的高竹喊道。但是數沒有繼續說下去，她也不知道該說什麼才好吧。

高竹好像察覺了數的心思。

「沒關係，我早就有心理準備了……」

她對兩人露出微笑。

「不用擔心。」

在這之後，對話便沒有再持續下去。

高竹也忍耐不住沈重的空氣，垂下頭來。

她以前就跟數和計說明過房木的病情，當然，流和平井也知道。

高竹料想過房木有一天會完全忘記自己，平常便說：「就算這樣，我還是會以護士的身分照顧他的。就因為我是護士，所以有能做的事。」表示自己已經有了心理準備。

在這家咖啡店讓數和計叫她的舊姓「高竹小姐」，也是為了防止房木混亂，以前數和計都叫高竹「房木太太」。

早發性阿茲海默症的惡化，隨著年齡和性別、原因和應對方式因人而異，但房木的病情惡化，比其他病例要來得快很多。

高竹無法從房木忘記自己的衝擊中恢復過來，也不知該如何應對眼前這沈重的氣氛。

計突然走進廚房，然後帶著一瓶一升裝的未開封酒瓶回來。

「這是客人送的。」

計說著，把酒瓶咚地一聲放在櫃臺上。

「要喝嗎？」

她微笑著問。雖然面帶微笑，但她的眼睛是紅的。

那瓶酒的標籤上寫著「七幸」。

計出乎大家意料的行動稍微打破了沈重的氣氛，也讓三個人都沒那麼緊張了。

高竹雖然有些困惑，但這個機會不容錯過，對她來說，現場氣氛能改變就很令人欣慰。

「那，就喝一點……」她回道。

計常有突如其來的行動，關於這點，高竹也是知道的，但沒想到會在這個節骨眼上體驗，她無法不覺得這可能就是平井所謂的「計的『幸福生活的才能』」。

計臉上已經不是剛才溫順的表情，她的大眼睛閃閃發光地望著高竹。

高竹望著她的眼睛，不知怎地，覺得心情平靜了下來。

「不知道有沒有什麼可以下酒的啊？」

數走進廚房。

「酒要溫嗎？」

「不用……」

「那就這樣喝……」

計熟練地開了酒，倒進準備好的杯子裡，倒得滿滿的。

高竹心想，她想讓我喝多少啊？不由得吃吃地笑出聲來。

計把快滿出來的一杯日本酒推到高竹面前。

「謝謝。」

高竹忍著笑意應答。

數拿著一罐醃菜回來。

「只有這個而已……」

「很夠啦。」

計回道。接著把裝醃菜的小碟遞給數。

數把醃菜裝進小碟，準備了三根小叉子。

「我喝這個就好。」

計說，並從櫃臺下的冰箱裡拿出紙盒柳橙汁，倒進杯子裡，柳橙汁也倒得快滿出來。高竹忍著笑，伸手拿起酒杯。

這裡的三個人都不特別懂日本酒。計雖然問：「要不要喝？」但她自己卻不會喝酒，只喝柳橙汁。

客人送給計的這瓶「七幸」，名稱的由來似乎是喝了這酒就能得到七種幸福。「七幸」是無色透明的吟釀，一般人看不出來，但酒光略微泛青，是所謂「青澤」色調的高級酒。香氣則是華麗的果實系，口感非常清爽。正如其名，是喝了就令人感到幸福的好酒。

高竹享受著甜美的香氣，回憶起五年前第一次到這家咖啡店的那個夏日。電視上連日報導因為地球溫室效應，全國都創下高溫記錄的酷暑年。

那天，她和丈夫剛好都休假，一起出門買東西，天氣熱得簡直能烤人肉了。不情不願地跟著來的丈夫，馬上就說要找個涼快的地方休息，於是開始尋覓店家。但是大家都有同樣的想法，不管到哪裡，咖啡店和家庭餐廳都擠滿了吹冷氣的客人。

突然間，她瞥見巷子裡的小看板，咖啡店叫做纜車之行。以前她唱過這首歌，雖然是很久以前的記憶，但旋律還記得很清楚，歌詞是攀登火山。在酷暑中炙熱的岩漿當頭澆下，汗珠不停滴落。

然而，推開沈重的木門進去後，店裡頗為涼爽，喀啦哐噹的牛鈴聲聽著也很舒服，而且店裡很狹窄，兩人座的桌子三張，櫃臺也只有三個座位，客人只有離入口最遠的那個桌位坐著一位穿著白色洋裝的女人而已。真是幸運，這裡可說是個隱密的好地方。

「太好了。」丈夫說。

他在離入口最近的桌旁重重坐下。一個眼睛骨碌碌轉著的女人送上冷水，他立刻點了一杯冰咖啡。

「我也要。」高竹說。

她點了冰咖啡，在丈夫對面的椅子上坐下。他可能覺得面對面坐著不好意思，便移動到櫃臺的位子。

丈夫這種行為高竹早就司空見慣，她並不在意，反而對自己上班的醫院附近竟然有氣氛這麼好的咖啡店感到驚訝。

碩大的柱子，天花板上交叉的木頭樑柱，三座大落地鐘有著栗子皮般深咖啡色的光澤。高竹對古董沒有什麼認識，但這一看就知道是有年紀的東西了。牆壁是黃豆色的粗糙土牆，隨著漫長時日過去而產生的朦朧污漬很有味道。

雖然是大白天，但這裡感覺不到時間，估計是沒有窗戶的緣故。微暗的照明把店裡染成黃褐色，有種懷舊的氛圍，讓人覺得很舒服。

店裡雖然很涼，但到處都看不到冷氣機之類的東西，只有天花板上的木製吊扇慢慢地轉動。這讓她覺得很不可思議，也曾經問過計和流，他們只說「以前就是這樣了。」而沒聽過能讓人信服的答案。

但是高竹非常喜歡這家咖啡店的氣氛，也喜歡計他們的為人，之後在工作空檔就常常光顧這裡。

「乾杯……」

數不假思索地舉杯說，然後露出「糟糕了」的表情。

「……不是要……乾杯吧？」

計尷尬地窺探著高竹的臉色說。

「沒關係，別介意……」

高竹回答，把自己的杯子舉到數的杯子前面。

「對不起……」

「沒關係。」

高竹溫柔地微笑，和數碰了杯，出乎意料清脆好聽的響聲在店裡迴盪。

高竹喝了一口「七幸」，優雅的甜美在口中擴散。

「約是半年以前吧。用我的舊姓稱呼……」

高竹斷斷續續地開始說。

「我從那個人的記憶裡，無聲無息地，慢慢、慢慢地消失了……」

高竹呼呼呼地小聲笑起來。

「我已經做好心理準備……」

她喃喃道。聽到這句話，計的眼睛更紅了。

「啊，但是，真的沒關係。」

高竹急忙說，揮了揮手。

「我是護士，就算我的存在從那個人的記憶裡消失了，我還是會以護士的身分照顧他。可以以護士的身分照顧他……。」

高竹輕鬆地說著，不希望她們倆覺得她是在逞強。

當然，她並不是在逞強。她確實刻意避免讓人聽起來是這樣，但心裡也真的是這麼想的——護士有護士能照顧他的方式。

數面無表情地把玩著酒杯，計的眼中又流下了淚珠。

啪答——。

高竹背後傳來書本闔上的聲音，洋裝女子闔起了正在看的小說。

高竹轉過頭，洋裝女子把夾著書籤的小說放在桌上，從白色的包包裡取出手帕。她要去洗手間了吧？

洋裝女子站了起來，悄然無聲地走向洗手間。要是沒聽到書本闔上的聲音，大概根本不會察覺。

高竹望著洋裝女子的動作，計只瞥了一眼，數則看也不看，喝著「七幸」。對這兩人來說，是家常便飯吧。

「這麼說來，那個人，回到過去想做什麼？」

高竹望著洋裝女子空出來的位子，喃喃說道。

當然，高竹知道那個位子就是能回到過去的座位。

阿茲海默症狀發作之前的房木不是會相信這種故事的人，當高竹愉快地跟房木談起這家咖啡店「可以回到過去」的事跡時，房木只說：「少蠢了。」他完全不相信心靈現象或是超自然現象。

房木開始喪失記憶之後，偶爾會來這裡等洋裝女子離開，高竹聽到這個消息的時候，簡直懷疑自己的耳朵。阿茲海默症發作後人格確實會改變，現在的房木性格變得很隨和，因此信念和相信的事物改變也並不奇怪。

這樣的話，他到底為什麼想回到過去呢？

高竹很在意，也曾經問過，但他總是說「這是秘密」，不肯告訴她。

「……他有一封信，要交給高竹小姐……」

數好像看穿了高竹的心思，開口說道。

「給我？」

「對。」

「信？」

「房木先生說，錯過了給妳的機會，所以……」

「……這樣啊。」

高竹沈默了一會兒，好像事不干己地說道。

高竹冷漠的反應讓數面露困惑之色，她覺得自己可能多嘴失言了。

但高竹聽到數告訴她房木想回到過去的理由，只能做出這麼冷淡的反應，不是因為聽說了回到過去的理由，而是因為房木給自己寫了信，一時之間讓她感到難以置信。

房木一向不擅長讀寫。

房木生長在一個即將消失的沒落村落裡，而且小時候很窮，他在家裡開的海苔店裡幫忙，沒有好好上學，雖然會寫平假名，但漢字的話，就只有小學低年級的程度。

高竹跟房木是在二十三年前由共同的友人介紹認識的，當時高竹二十一歲，房木二十六歲。那時手機還沒有現在這麼普及，聯絡都是打電話，或是寫信。房木想當園丁，住在雇主家裡，兩人多半都是寫信聯絡；高竹那時剛開始上護理學校，兩人見面的機會不多，所以很常通信。

高竹信裡的話題總是很豐富，當然有自我介紹，還有護理學校發生的事、閱讀的書籍感想、將來的夢想、自己身邊發生的大小事件、當下的感受、如何處理的細節等等都會寫在信上。多的時候，還曾寫過十張信紙。

然而，房木的回信總是很簡短，一張信紙上只會寫著「很有趣」，或是「原來如此」之類的，有時候還只有一句話。一開始，高竹以為他工作很忙，沒時間寫信；但不管寄給他幾封，都沒有像樣的回信，高竹開始覺得房木簡短的回信表示他其實對自己並沒有好感。於是高竹就寫信告訴他，如果沒有好感的話，就不用再勉強，他沒有回信的話，她就會放棄。

通常一星期就會收到的回信，這次過了一個月仍不見蹤影，高竹很吃驚。房木的回信確實很短，雖然短但並不討人厭。他不注重形式，可以直率地感覺到他的人品，因此高竹雖然寫說他不回信的話自己就會放棄，但過了一個半月，她仍舊堅持等待他的回信。

過了兩個月，有一天，房木回信了。信上寫著——

結婚吧！

只有這樣，這一句話讓高竹感覺到前所未有的心旌動搖，但是高竹對房木好像看透了自己心思的回信，覺得心有不甘，於是也只寫了——

那就結吧！

在那之後，她才知道房木其實不太善於讀寫。問他之前的信都是怎麼閱讀的？房木說漢字太多的信，他只能茫然地望著，茫然望著時的感受就寫下來當作回信。最後的那封信他看著看著，總覺得好像要失去什麼重要的東西，於是就把信中的詞句拆開，分別詢問其他人確認意思，因此回信才遲了。

☕

「……」

高竹仍舊一臉難以置信的表情。

「大概是這麼大的牛皮紙信封。」

數用手指描繪信封的大小。

「牛皮紙信封？」

一聽到牛皮紙信封，就覺得真是像房木會做的事，但仍舊想不出所以然。

「情書嗎？」

說話的是計，骨碌碌的眼睛天真無邪地閃閃發光。

「不是啦、不是啦！」

高竹一面苦笑一面說，並用力揮著手否定。

「但要是真的是情書的話，妳要怎麼辦？」

數平常是不會多管別人私事的，大概是想改變剛才沈重的氣氛吧，她尷尬地笑著支持「情書論」。

高竹也覺得改變話題比較好，於是接受了不知道房木有讀寫困難的兩人的「情書論」。

「那我大概會看看吧。」

她有點不好意思地說。這並不是謊言，要是房木寫的真的是情書的話。

「去看看吧？」計說。

「咦？」

高竹一時之間不知道計在說什麼，驚訝地睜大了眼睛。

數聽到這句天外飛來的話，也慌忙地把杯子放在櫃臺上。

「大嫂？」

她望著計的面孔。

「妳應該收下的。」

計堅決地說。

「計，等一下。」

高竹可能想盡力阻止計暴走，但已經來不及了，她完全不理會高竹的制止，呼吸急促起來。

「要是房木先生寫情書給妳，那妳非收下不可！」

計已經認定房木寫的一定是情書了，事已至此，就沒人能阻止。高竹認識計很久了，這點她也很清楚。

數也露出無可奈何的樣子，微笑著嘆了一口氣。

高竹再度望向洋裝女子坐的那個位子。她聽說過回到過去的傳聞，也知道有很多麻煩的規矩，但是她從來沒想過自己要回到過去。老實說，她對回到過去的說法半信半疑。

但是，如果真的能回到過去的話，她覺得自己確實想回去看看。

她最在意的就是那封信。要是數說的是真的，能回到他沒機會交給她的那一天，或許就能收到了。她抱著淡淡的期待。

問題是，房木想回到過去交給她的信，自己先回到過去收下，真的好嗎？

高竹覺得這簡直像是橫刀奪愛一般，讓她躊躇不決。

但高竹深呼吸了一下，冷靜地分析眼前的狀況。

規矩是就算回到過去，不管如何努力也不能改變現實。既然如此，回到過去收下信，現下也不會有任何改變。

她就此跟數確認。

「不會改變。」數立刻回答。

高竹的心情大幅動搖。現實不會改變，意思是就算高竹先取得了信，房木要回到過去把信給她的現實也不會改變。

高竹一口氣喝乾杯裡的「七幸」，她打起精神「呼」地吐出一口氣，把杯子咚地一聲放在櫃臺上。

「是啊，就是這樣。」

她像是說給自己聽似地。

「要是那封信真的是寫給我的情書，那我看了也沒有任何問題吧？」

高竹故意用「情書」這兩個字，驅散罪惡感。

計用力地「嗯」、「嗯」點頭，然後以高竹為榜樣毫無必要地一口氣把柳橙汁喝完，她的呼吸更急促了。

「……」

數並沒跟她們倆一樣一口氣喝完，只是靜靜地把手上的杯子放在櫃臺，慢慢走進廚房。

高竹站在據說能回到過去的座位前，感到全身血液快速流動，她慢慢把身體移向桌子和椅子中間，然後坐下。

這家咖啡店的椅子是貓腳狀，有著古董特有的優美曲線，椅墊和椅背都繃著淺苔綠的布墊。

定睛一看，每一張椅子都跟新的一樣，不止椅子，店裡到處都亮晶晶的。要是明治初期開張的話，這裡營業已經超過百年了，卻沒有任何地方有半點塵埃，顯然每天花費非常多的時間打掃才是。她感嘆地呼出一口氣。

數不知何時回來了，正靜靜地站在桌子旁邊，而且靜到有點詭異的地步。她端的銀托盤上放著純白的咖啡杯，咖啡壺也不是平常使用的玻璃壺，而是小型的銀壺。

高竹看著數的表情，吃了一驚，她的臉上完全看不到剛才少女般的純真神色，而是含蓄深刻、嚴肅得令人心驚的氛圍。

「您知道規矩吧？」

數平靜地以彷彿置身事外的聲音問道。

高竹急忙在腦中整理回到過去的規矩。

第一條規矩，就算回到過去，也無法見到不曾來過這家咖啡店的人。

也就是說，要是為了跟某人見面而回到過去，重點就在於那個人必須來過這家咖啡店。原來如此，聽說能回到過去，就算全國各地的人都到這裡來也沒有意義，房木來過這裡許多次，這點沒有問題。高竹心想。

第二條規矩，回到過去之後，無論如何努力，也不能改變現實。

這點高竹也確認過了。就算回到過去，收下房木沒機會給她的那封信，現實也不會改變。不止那封信而已，就算發現了劃時代的阿茲海默症治療法，回到過去讓房木嘗試，他的病情也不會改善。真是非常壞心眼的規矩。

第三條規矩。能回到過去的座位上坐著洋裝女子，一定得坐在這個位子上才行。

她聽說洋裝女子一天會去一次洗手間，但沒人知道她什麼時候去，而高竹偶然遇上了這個時機。雖然不知道是不是真的，但據說，要是想強迫洋裝女子離開座位的話，就會被詛咒。高竹能偶然碰上，真是幸運。

麻煩的規矩還沒完——

第四，就算回到過去，也無法離開座位行動。

並不是臀部得黏在椅子上不能離開，而是如果站起來想離開座位的話，就會強行回到現實。這家咖啡店在地下室，無法接收手機的電波，回到過去想用手機跟不在這家咖啡店裡的人聯絡，也是辦不到的。總之，不能離開座位，也沒辦法離開地下室。這也是非常討厭的規矩。

幾年前，高竹聽說過許多人因為都市傳說蜂擁而至，但有這麼多麻煩的規矩，怪不得現在也就沒有人來了。

☕

高竹察覺數仍舊默默地等待她的回答。

「在咖啡冷掉之前喝完就好了吧？」她確認說道。

「是的。」

「還有呢？」

高竹記得的規矩只有這些。要是問她還有哪些想知道的事？就是如何回到想回去的那天的某個特定時刻吧。

「請專心想像您要回去的那一天。」

數像是看穿了高竹的疑問般補充說道。

「想像？」

說是想像，但這種說法實在模糊，高竹不由得反問。

「房木先生還沒有忘記高竹小姐的日子、想把信交給妳的日子、然後帶著信到這家咖啡店來的日子……」

數完全不說廢話，簡潔地告訴她想像的內容。

高竹一字一句地覆誦，好能清晰地想起。

「沒有忘記的日子、信、來這裡的日子……」

房木還沒有忘記高竹的日子——高竹粗略地想起了三年前的夏天，那時房木還沒有生病的徵兆。

至於房木想把信給高竹的日子，這就很困難了，高竹無法想像房木什麼時候寫了信要給她。但是回到房木寫信之前就沒有意義了，因此高竹只能想像著房木寫信的樣子。

接著就是房木帶著信來到這裡的日子，這很重要。

就算能回到過去，就算見到了房木，他要是沒帶著信就沒有意義了。而且房木平時都把重要東西放在黑色的手提包裡隨身攜帶，要是真的是情書的話，房木不可能放在家裡，為了不讓高竹發現，一定會放在包包裡隨身攜帶。雖然不知道他想把信給她的日子是哪一天，但可能性總是有的。

高竹想像著房木隨身攜帶手提包的樣子。

「準備好了嗎？」

數冷靜地詢問。

「再等一下。」

高竹深呼吸了一次。

「沒有忘記的日子、信、來這裡的日子……」

她小聲地重複著。再拖下去也沒有意思，高竹下定決心。

「……好了。」

她直視數的眼睛回答。

數微微點頭，把空的咖啡杯放在高竹面前，用右手慢慢拿起托盤上的銀咖啡壺，每個動作都像芭蕾般優雅，沒有任何的多餘姿勢，非常美麗。

數垂著眼瞼望向高竹。

「那麼，」

她接著輕聲說了一句——

「在咖啡冷掉之前……」

這幾個字在安靜的店裡迴盪，連高竹都感覺到氣氛緊張了起來。

數像進行嚴肅的儀式一般，往杯子裡注入咖啡。銀壺的開口非常細，咖啡看起來像一條黑色的細線，而且不像開口大的咖啡壺那樣發出咕嘟咕嘟的聲音。咖啡從銀咖啡壺裡非常緩慢地、無聲地注入白色的咖啡杯裡。

高竹平常沒見過這個銀咖啡壺，跟其他咖啡店裡的比起來略小一些，但看起來十分高級，感覺很有份量。

說不定咖啡也是特別的。她心裡這麼想著。

倒滿的咖啡杯裊裊升起一縷薄煙，在那一瞬間，周圍的景象似乎開始扭曲晃動。高竹以為是錯覺，她想起剛剛一口氣把「七幸」喝完。

難道現在酒勁發作了？並不是這樣的。

高竹吃了一驚，原來搖搖晃晃的是自己的身體，而且身體變成咖啡的熱氣。等回過神來時，高竹周圍的景象從上往下流逝，將變成熱氣的高竹帶回了過去。

高竹緊閉著雙眼，但並不是因為害怕。真的可以回到過去了，她想做好心理準備。

☕

高竹最初察覺事情不對勁，是因為房木的一句話。

那天，高竹一面做晚飯，一面等待房木回來。

房木是園丁。園丁的工作並不只是修剪枝葉而已，還必須考慮庭院和屋宅的平衡感，太過華麗的庭園不好，太樸素也不行。平衡感非常重要，這是房木的口頭禪。

他的工作從一大早開始，太陽下山就結束，在那之後，房木除非有要事，否則一定會回家。所以高竹只要不值夜班，一定會等房木一起回來吃晚飯。

但是，那天太陽都下山了，房木卻還沒有回來。高竹以為他可能很難得地跟同事一起去喝酒了，所以並沒有特別在意。

結果，房木比平時遲了兩小時才到家。

房木回來的時候一定會按門鈴，而且是叮咚、叮咚、叮咚地連按三聲，讓高竹知道自己回來了。

但是那天他沒有按門鈴，她聽見喀喳喀喳轉動門把的聲音，然後是外面有人說道：「是我啦。」

高竹驚訝地打開門，心想，難道他是受了傷不能按門鈴嗎？

但是，門外的房木看起來跟平常沒有兩樣，他穿著簡單的灰色工作上衣和深藍色的馬褲。他把工具袋從肩膀上卸下，不好意思地說：「我迷路了。」

那是兩年前夏末的時候……

高竹是護士，對各種疾病的初期症狀十分敏感，她確定這不只是單純的健忘而已。

過了一陣子，房木甚至忘記自己是不是去上過班了，病情逐漸惡化，還會半夜突然說：「我忘了有重要的工作要做」，而立刻爬起來。那時高竹也沒有跟他唱反調，只說等早上再確定就好，總之，試著安撫他並讓他平靜下來。

她瞞著房木和專門醫生商談過，也做了各種各樣延緩病情惡化的努力，但是房木一天比一天健忘，忘了很多事情。

房木喜歡旅行，與其說是喜歡旅行本身，不如說是喜歡在各種地方觀賞庭園，而高竹都會盡量配合他休假，跟他一起旅行。房木說這是工作，不希望她跟著去，但她並不介意。旅行中的房木常常皺著眉頭，但高竹知道那是他心情好時的怪癖。

病情漸漸加重，但房木並沒有放棄旅行，只不過同一個地方會去好幾次。兩人的生活也開始受到影響。他忘了自己買過什麼東西，還會問說：「這是誰買的啊？」不高興的日子逐漸增加。

現在住的公寓是結婚之後搬進去的，他出門之後回不來，好幾次都是警察跟她聯絡。

最後在半年前，房木終於到了用她的舊姓稱呼她，叫她「高竹小姐」的地步。

☕

不知何時，搖搖晃晃頭暈目眩的感覺消失了。她睜開眼睛，看見慢慢旋轉的吊扇，手腳也已經不再是熱氣。

但到底是不是真的回到了過去，還未可知。

這家咖啡店沒有窗戶，燈光總是很暗，店裡一片昏黃，要是不看鐘，是白天還是夜晚都無法分辨。雖然有三座落地鐘，但三座的時間都不一樣。要說有什麼不同的話，就是倒咖啡的數和計都不在。

她雖然努力保持鎮定，但卻無法阻止心跳越來越快。高竹再度環顧店內。

「一個人都沒有。」

她寂寥地喃喃道。高竹以為回到過去房木會在，因而非常失望。

高竹呆呆地望著天花板上的吊扇，心思流轉。

雖然很遺憾，但或許這樣最好，老實說，她也鬆了一口氣。她的確想看信，但果然「強奪」這種行為讓她很有罪惡感，要是房木知道她為了看信從未來回來，絕對會不高興的。

而且既然現實不會改變，那不看也無所謂。看了信後房木的病情會好轉的話，就算用自己的性命來換，她也要讀；但是房木的病情跟信沒有任何關係，房木忘記高竹的現實也不會改變。

剛才房木突然問她：「是不是以前在哪裡見過？」讓她大吃一驚，情緒激動，她雖然早已有了心理準備，但還是無法保持冷靜。高竹冷靜地分析自己，只不過是這樣而已。

高竹鎮定下來。這裡要是過去的話，她已經用不著繼續待著了。回到現實吧！就算房木覺得她是陌生人，她還是可以照顧他。

她要照顧他。她再度憶起自己的決心。

「反正不可能是情書啦。」

高竹喃喃道，伸手拿起咖啡杯。

喀啦哐噹。

有人走進來了。

這家咖啡店從地面走下台階，就是一扇兩公尺高光澤華美的大木門。推開這扇門，牛鈴會發出喀啦哐噹的聲音，但門開了並不是立刻就是店內。門後有一小段空間，右側正中央是通往店內的入口，從木門到入口要走兩三步，從牛鈴響起到看見進來的客人，中間有數秒的間隔。

因此，牛鈴雖然響了，但高竹並不知道進來的是誰。是流？還是計？高竹發現自己有點緊張，正確說來是有點興奮。這種經驗很少，不，應該說不會再有第二次了吧。

要是計的話，或許可以問一下理由；要是數的話，態度跟平常一樣，可能會讓人有點不滿意。高竹在腦中想像各種情況。

但進來的不是計也不是數，出現在沒有門的入口處，是房木。

高竹不由得「啊」地叫出聲來。她太大意了，她是來見房木的，竟然沒想到來的人會是房木。

他穿著深藍色的馬球衫，米色的短褲，這是平常房木不上班時的休閒打扮。外面應該很熱，他用手上拿著的包包當扇子搧風。

高竹好像被鬼壓住般無法動彈，而房木站在咖啡店入口，一言不發，帶著驚愕的神情望著高竹。

「那個……」

雖然開口了，但接下來高竹完全不知道該說什麼。

因為自從認識以來，到成為夫婦之後，房木都沒有這樣凝視過她。她很高興，但也很不好意思。

她雖然想像了三年前，但這裡是不是三年前完全無法確定，也有可能完全失敗，只回到了三天前，只有三這個字是正確也未可知。她覺得想像真是太不可靠了。

「……怎麼，妳在這裡啊？」

他粗魯地說。這一直都是，不對，是房木生病之前的口吻。這跟高竹想像中，不對，跟她記憶中的房木一樣。

「我等你，但你沒有回來……」

高竹這麼說道。房木移開視線，好像不高興似地皺著眉頭，輕咳了幾聲。

「你……是你吧？」

「嗯？」

「我是誰？」

「啥？」

房木訝異地望著高竹。

高竹當然不是在開玩笑，她必須確認若真的回到了過去，到底是回到什麼時候？是房木的阿茲海默症發作之前，還是之後？

「說說看，我叫什麼名字。」

「妳開什麼玩笑？」

房木怒道，沒有回答高竹的問題。

但高竹卻愉快地微笑起來。

「沒有……沒事……」

她微微搖頭，剛才簡短的對話讓高竹完全明白了。

回來了。毫無疑問，眼前的房木是失去記憶前的房木，跟她想像中一樣

——三年前的房木。

高竹攪動咖啡，忍不住微笑。

「奇怪的傢伙。」

房木看著高竹說道。接著他發現店裡除了他們倆之外沒有其他人在。

「老闆？」

他對著廚房叫喊，但沒有人回答。他穿著皮涼鞋啪搭啪搭地繞過櫃臺，窺視裡面的房間，仍舊沒有人出來。

「搞什麼，都沒人在啊。」

他喃喃抱怨，在離高竹最遠的櫃臺位子坐下。

高竹刻意輕咳，房木一臉厭煩地轉過頭。

「幹嘛？」

「你為什麼坐在那裡？」

「坐哪裡有什麼關係。」

「那就坐這裡吧？」

「……」

「這裡……」

高竹輕敲桌面，示意自己對面的位子是空著的。

「不用啦。」

但是房木滿臉不悅地回應。

「為什麼？」

高竹不滿地問道。

「老夫老妻了，還坐在同一個桌位，多丟臉。」

聽起來他像是生氣了，還皺著眉頭，雖然話說得粗魯，但房木皺著眉頭並不是心情不好，反而是心情好時掩飾不好意思的怪癖。這點高竹很清楚。

「是啊，都老夫老妻了……」

高竹笑著同意。從房木口中說出夫妻這個詞就夠讓她高興的了。

「幹嘛啊，真肉麻……」

現在不管他說什麼她都覺得好懷念，而且覺得好幸福。

高竹漫不經心地喝了咖啡。

「啊。」

咖啡溫溫的，高竹想起時間非常有限，在這杯咖啡冷掉之前，她有非做不可的事。

「老、老公！」

「幹嘛啦？」

「你是不是，有東西要給我？」

高竹雀躍不已，要是發病之前的房木寫的信，搞不好真的是情書。

不可能的。她的理智知道，但如果真的是情書的話她想看。這種情感開始暴走，壓過了無論做什麼現實都無法改變的規矩。

「啥？」

「像這樣大小的……」

高竹像數那樣用手指在空中描繪信封的大小。

「……」

她的行動讓房木臉色難看，動也不動地瞪著她。看見房木反應的瞬間，高竹心想：「糟了！」

剛結婚的時候，發生過類似的事。房木替高竹準備了生日禮物，就在生日前一天，高竹偶然發現房木準備了禮物，她非常高興，因為房木從來沒送過她東西。這是第一份禮物。

當天，高竹對著下班回家的房木高興地說：「你今天有東西要給我吧？」房木沈默了一會兒，然後說：「沒有啊。」就這樣，後來禮物進了垃圾桶。那是一條淺紫色的手帕。

高竹做了跟當時同樣的事。房木討厭人家說破他打算要做的事，要是他真的帶著信，那絕對不會給她；如果真是情書，那就更不會給了。

雖然時間很趕，但高竹還是後悔自己如此粗心大，而房木仍舊臉色難看地瞪著她。

高竹對著房木微笑。

「對不起、對不起，沒事，當我沒說。」

她輕鬆地應對，像是說：無所謂的，只是隨口問問而已。

「啊，對了，今天晚上吃壽喜燒吧？」

房木非常喜歡壽喜燒，雖然他仍舊板著臉，但估計心情已經好轉起來。

高竹慢慢地伸手摸咖啡杯，確定咖啡的溫度。還可以、還可以。

她決定要好好珍惜跟房木共處的珍貴時光，不管情書的事了。

從房木的反應看來，他確實寫了信要給自己，要是沒寫的話，他一定會跟剛才那樣粗魯地說：「啥？妳在說什麼啊？」這樣的話，房木搞不好會把信丟掉。高竹一面哄房木開心，決定不再重蹈生日禮物的覆轍，而改變了作戰方針。

房木仍舊臉色凝重，但這也是司空見慣的事，他不想讓她覺得自己一聽到壽喜燒就開心起來。真是不坦率。

阿茲海默症發病前的房木就是這樣，不高興的面孔也很可愛，高竹打心底覺得回到過去的時光實在太幸福了。

然而，高竹錯了……

「這樣啊……原來如此……」

房木臉色一沈，喃喃說道。接著站起來走到高竹面前。

「哎？什，什麼？」

高竹抬頭望著站在面前瞪著自己的房木。

「怎、怎麼啦？」

她慌亂地說，這種反應還是第一次。

「妳是從未來來的吧？」

「……哎？」

房木突然說出完全出乎她意料之外的話。但他說的並沒有錯，高竹確實是從未來來的。

「啊，哎……」

高竹努力回想，確實沒有「回到過去的時候，不能讓見到的人知道自己是從未來來的」這條規矩。

「這個……」

「妳坐在這個位子就很奇怪啦。」

「這是……」

「所以妳已經知道我生病的事了？」

高竹的心臟幾乎要從胸口跳了出來，她以為自己回到了房木生病之前，但她錯了。

眼前的房木知道自己生病了。

從房木的服裝看來，現在應該是夏天，這樣的話，應該是兩年前——房木找不到回家的路，高竹第一次發現他生病的兩年前夏天。要是一年前的話，房木的症狀已經很明顯，跟他說話已經沒辦法很順暢。

她一心以為自己回到了三年前，但事實上是回到了符合「房木沒有忘記高竹」、「想把信交給她」，以及「帶著信來咖啡店」這三個條件的日子。

沒有回到三年前，一定是因為三年前房木還沒寫下那封信的緣故。

這麼說來，信是在他發病之後才寫的，絕對不可能是情書。

眼前的房木清楚知道自己生病了。

既然如此，那信的內容一定跟他的病情有關。想起剛才他聽見高竹問起信的事時那嚇人的表情，一定錯不了。

「妳知道了吧？」

房木彷彿責備高竹一般大聲說道。

這種時候撒謊絕對不是上策。

「……」

高竹無言地微微點頭。

「這樣啊。」

房木看著她，他無力地說。

高竹恢復了冷靜，就算在這裡無論做什麼事，現實都不會改變，她也絕對不會說任何讓眼前的房木覺得難受的話。

早知道事情是這樣，就不回到過去了。

逕自以為那封信是情書而沾沾自喜，真是太丟臉了。高竹非常非常後悔，但現在不是自責的時候。

房木仍舊沈默不語。

「老公……」

高竹望著垂頭喪氣的房木，不由得叫喚他。她第一次看見房木這麼沮喪，覺得胸口發緊。

房木轉身背對高竹，走回剛才坐著的櫃臺位子，他拿起放在櫃臺前的黑色手提包，從裡面拿出一個牛皮紙信封，再度回到高竹前面。他的表情不知怎地並不是動搖或絕望，反而有點不好意思。

「現在的妳還不知道我生病……」

房木用幾乎難以聽見的沙啞聲音，開始喃喃說道。

房木或許是這樣認為吧。但是此時的「我」應該已經察覺了，要不就是馬上即將察覺。

「我不知道該怎麼跟妳說……」

房木舉起牛皮紙信封，他似乎把自己得了阿茲海默症的事寫在信裡告訴了高竹。

——這樣的話，這封信就算我看了也沒有意義吧，因為我已經知道了。該看這封信的是過去的我，但房木沒把這封信交給過去的我。沒能給我，這樣也沒關係，因為這就是現實。

高竹打算這就回去，不要再提生病的話題比較好。最糟的情況下，房木可能會詢問她病情的發展，要是知道症狀會越來越嚴重，眼前的房木不知道會受到多大的打擊，所以絕對要在他發問之前回去。現在就回去。

咖啡是可以一口喝完的溫度。

「咖啡放冷了可不行……」

她說著便把杯子舉到嘴邊。就在此時——

「我果然，還是把妳忘記了嗎？……」

房木垂著頭低聲說道。

高竹聽見這句話，腦中一片空白，簡直到了連眼前的咖啡杯都不知是何物的地步。

——忘了我……

高竹怯生生地瞥向房木，房木神色寂寥地回望著高竹，房木會露出這樣的表情讓高竹難以置信。

高竹說不出話來，無法直視房木，不由得垂下眼瞼。

「……」

高竹沒有回答房木的問題，事實上，就跟肯定了一樣。

「這樣呀……果然……」

房木望著高竹，悲哀地喃喃自語，頭垂得更低了。

淚珠從高竹眼裡溢出。

他被診斷出阿茲海默症，每天都懷抱著記憶會消失的恐懼和不安，但仍舊不想讓妻子高竹察覺，獨自默默忍耐。

高竹的丈夫在知道了她是從未來回來的之後，第一件要確定的事，就是自己有沒有忘記妻子。

這讓高竹既高興，又悲傷。因此高竹忘了要拭去淚水，抬起頭來，滿面笑容地望著房木，彷彿喜極而泣。

「其實啊，你的病情有好轉呢。」

——我身為護士，現在一定要堅強起來才行。

「我問過未來的你啦。」

——反正不管說什麼，現實都不會改變。

「雖然有不安的時候……」

——就算只有一瞬間也好！要是這種謊言能消除他的不安的話……

高竹覺得死也要讓他相信這個謊言。她雖然哽咽起來，淚流滿面，但還是堆著笑容繼續說下去。

「沒問題的……」

——沒問題的！

「可以治好……」

——可以治好！

「放心吧……」

——**絕對可以治好的！**

高竹一字一句，堅定地對房木說。高竹的意志並不是謊言，就算知道房木已經忘了自己，現實並不會改變。

房木直直盯著高竹的眼睛，高竹眼也不眨地凝視著房木，不管眼淚怎麼流都一樣。

「這樣啊……」

房木好像很高興，他輕聲說道。

「……嗯。」

她對著他用力點頭。

房木露出非常平靜的表情，低頭望著手上的牛皮紙信封，然後慢慢走近高竹，兩人的距離伸手就可相觸。

「這個……」

房木開口說。然後像小孩一樣把手上的牛皮紙信封遞給高竹。

「等治好了之後……」

她輕輕把信封推回去。

「那妳就丟掉吧……」

房木說著，稍微使力把信封遞過去。這句話並不是他平常那種粗魯的說話方式，反而非常溫柔，讓高竹覺得自己是不是錯過了什麼重要的事，開始不安了起來。

房木再度把牛皮紙信封遞到高竹面前。高竹遲疑地用顫抖的手接過信封，她仍舊不明白房木的用意。

「咖啡要冷了……」

房木很清楚規矩，他催促高竹在咖啡冷掉之前快點喝完，臉上始終掛著溫柔的笑容。

高竹微微點頭，一言不發地伸手拿咖啡杯。

「……」

房木看見高竹拿起杯子，便轉過身去。

夫妻的時間就要結束了，大顆的淚珠從高竹眼中落下。

「老公。」

高竹不由得對著房木的背影叫道。但是房木沒有回頭，他的肩膀彷彿微微顫動。

高竹望著他的背影，一口氣把咖啡喝完。

並不是因為咖啡已經開始冷了，而是因為他不肯轉身是為了讓高竹平安回去的溫柔之舉。房木一直都非常溫柔。

「老公……」

高竹的身體被搖搖晃晃的感覺籠罩，她把咖啡杯喀喳一聲放回碟子上，看見自己放開杯子的手變成了熱氣。

就要回到現實世界了，短暫的夫婦時間結束了。

房木突然轉過身來，應該是聽見咖啡杯放下的聲音才行動的吧。

高竹不知道自己在房木眼中看起來是什麼樣子，但她看見房木確確實實盯著自己瞧。

高竹在跟熱氣一起搖搖晃晃漸漸模糊的意識中，看見房木的嘴微微動作。如果沒看錯的話，他的嘴型是——

「謝謝」。

高竹的意識漸漸模糊，時間從過去回到了現在，店裡的光景從上到下快轉。高竹無法抑止不斷流下的淚水。

回過神來時，數和計兩人都在高竹眼前。

回來了，回到房木完全忘記高竹存在的那一天。

計可能是看見高竹的表情感到不安吧，她擔心地問：「信呢？」而不是「情書呢？」

高竹垂眼望著牛皮紙信封，這是過去的房木交給她的信，她慢慢從信封中抽出信，蚯蚓般的字跡很眼熟，是房木的字。

高竹的視線順著字跡上下移動，用右手掩住嘴，忍著嗚咽卻不斷流淚。

她突然開始哭泣，讓站在旁邊的數擔心起來。

「高竹小姐？」

她叫道。但是高竹的肩膀大幅動搖，慢慢地開始放聲哭了起來。

數和計都不知該如何是好，只能望著高竹。

過了一會兒，高竹將看過的信遞給數。

「……」

數不知道是不是該接過信閱讀，她望向櫃臺後的計。

計嚴肅地微微點頭。

數垂下眼瞼瞥了哭泣的高竹一眼，開始唸出信上的內容——

……妳既然是護士，那可能已經知道，
我得了會忘記很多事情的病……
所以，要是我慢慢地失去記憶的話，
不管我說了什麼、做了什麼，
就算我把妳忘記了，
妳一定都能冷靜地照顧我，壓抑自己的心情來配合我吧。
但是我希望妳記得這件事，
我們是夫妻，要是夫妻做不成了，那就分手。
妳不需要照顧我，
要是不想要我這個丈夫，就離開吧。
只要做妳當妻子做得到的事就好。
因為我們是夫妻。
就算失去了記憶，我還是想跟妳做夫妻。

要是只是因為同情而跟我在一起，那我絕對不要。

……這些話我沒法當面對妳說，所以寫了信。

數唸完信的瞬間，高竹跟計都抬頭望著天花板，大聲地哭了出來。

高竹明白房木為何要把這封信給來自未來的自己。

房木不僅知道高竹察覺他生病，同時也知道她察覺後會採取什麼行動。而且從未來回來的高竹，正如房木意料之中，以護士的身分在照顧房木。

消失的記憶。在不安和恐懼之中，房木只希望高竹能繼續當他的妻子，他心裡總是想著高竹，就算失去了記憶也一樣。

這麼想來，房木總是在看旅遊雜誌，而攤開筆記本做筆記的行動也可以理解了。

高竹以前曾經看過一次他的筆記。房木在筆記裡把為了觀賞庭園去過的地點都圈了起來，高竹以為這只是他單純喜歡園丁工作的痕跡；但並不是如此，圈起來的旅行地點，都是跟高竹一起去過的地方。

高竹當時沒有注意到，或許該說無法注意到。

那份筆記是把高竹忘記了的房木最後的掙扎。

當然，高竹以護士的身分照顧他並沒有任何不對，因為她相信這樣是最好的方式。

而房木也不是要責備高竹才寫這封信的。就算高竹說「治好了」是謊言，房木一定也「想要相信」，要不然房木最後就不會說「謝謝」了。

高竹哭過一場之後，洋裝女子從洗手間回來了，她站在高竹前面。

「走開。」

她以低沈的聲音說道。

「……好。」

高竹慌忙站起來，把位子讓給洋裝女子。洋裝女子回來的時機，剛好能讓高竹轉換心情。

高竹用紅腫的眼睛望著數和計的臉，然後晃動著剛才數唸過的信紙。

「就這樣。」

她露出笑容。計骨碌碌的眼睛仍舊流著淚，一面嗯、嗯地點頭。

「我到底在做什麼啊？」

高竹望著信紙喃喃道。

「高竹小姐……」

計吸著鼻水不安地望著高竹。

「我要回去了。」

高竹把手中的信紙折起來，放回信封裡，她的聲音非常堅定。

數微微點頭，計的臉又皺成一團。

高竹看著哭得比自己還厲害的計，心想，她這樣不會脫水嗎？不禁覺得有點好笑。

高竹呼地吐出一口大氣，臉上已經看不到迷惘，表情非常清朗。她從放在櫃臺上的皮包裡拿出錢包，算了三百八十日圓零錢。

「謝謝。」

她說著把錢交給了數。數平靜地回她一笑，高竹微微點頭，朝咖啡店的出口走去。她的腳步很輕快，因為想快點見到房木。

高竹走過沒有門的入口，就在數和計看不到她的身影之後，高竹「啊！」地大叫一聲，轉過身來。

數和計面面相覷

「明天開始就……不可以叫我的舊姓哦。」

高竹帶著孩子般純真的笑容說道。

原本讓計和數她們叫「高竹小姐」的就是高竹本人，房木開始叫她「高竹小姐」的時候，她不希望他感到混亂。但現在已經不用顧慮了。

「好。」

計的臉上終於露出笑容，她睜大了骨碌碌的眼睛，精神飽滿地回答。

「跟大家說一下。」

高竹說完，沒有等她們回答，就揮著右手就離開了。

喀啦哐噹。

「知道了。」

數彷彿自言自語地說。

接著拿著高竹給的咖啡錢走向收銀台。

計收拾了高竹喝過的咖啡杯，回到廚房，打算替洋裝女子續杯。

數喀嗒喀嗒地打著收銀機的聲音在涼爽的店內響著，天花板上的吊扇一如既往沒有聲音地旋轉著。

計回來替洋裝女子上了一杯新的咖啡。

「今年夏天也承蒙您照顧了。」她輕聲說道。

洋裝女子沒有回話，只靜靜地讀著小說。

計把手覆在自己腹部上，微笑了起來。

真正的夏天就要開始了。

第三話　【姊妹】

一位少女拘謹地坐在那個位子上。

眼睛水靈靈的像是高中生，她穿著米色的高領上衣，格子迷你裙，黑色緊身襪，茶褐色的帶靴，椅背上還掛著紅色的粗呢外套。光看服裝的話還滿有大人味的，但她的表情依舊是個孩子。漂亮的黑髮剪成下顎長度的妹妹頭，髮尾往內捲，沒有化妝，睫毛很長，五官端正。

雖然她是從未來來的，但要是沒有不能離開座位的麻煩規矩的話，她走出去也完全不會格格不入。

只不過，現在是八月初，季節完全不對。

不知道少女是來見誰的。話雖如此，現在咖啡店裡只有櫃臺後穿著廚師服裝，身材高大，眼睛細長的男人時田流。

流是這家咖啡店的老闆。

少女好像不是來見流的，她望著流的眼神沒有任何感傷。要是來見流的話，應該會有所動作，但她簡直像是完全無視流的存在。

但是店裡沒有其他客人，流可能也沒事做，只將雙臂交抱在胸前站在那裡。

流是個身材高大的男人，普通的少女，不，不只是少女，只要是女人，在這麼狹窄的店裡兩人獨處的話，會感覺受到威脅也不奇怪。但是少女若無其事，坦然自若。

「……」

「……」

少女跟流始終一言不發。

少女不時望著老爺落地鐘，好像有點擔心時間，但除此之外，並沒有別的動靜。

流忽然深吸一口氣，只有左眼突然大睜。

就在此時，廚房裡傳來烤麵包機的叮地一聲，流慢慢地走進廚房，喀喳喀喳地不知開始準備什麼。

少女毫不在意地喝了一口咖啡，嗯地點了一下頭。咖啡應該還很溫，她的表情甚為從容。

流從廚房裡出來，手上端著的四方形托盤上有土司和奶油、沙拉、水果優格。這種奶油是自家製的，流相當自傲的一品，好吃到髮捲女平井八繪子會特地來帶奶油回家。

據說，只要有客人說這奶油好吃，流就會感到非常幸福。

問題是奶油使用高價的材料，但本身卻等於是免費的。流堅持搭配的食材不另外收費，還真是蠻令人困擾的堅持。

流端著托盤，站在少女面前。少女身材嬌小，高大的流站在她面前簡直像是一堵牆。

「妳是來見誰的？」

流低頭望著少女，他一開口就直搗黃龍。

「……」

少女水靈靈的眼睛望著面前參天而立的牆壁，在眼前這位不認識的高壯男人面前泰然自若。通常流只要出現就會嚇到人，他已經很習慣了，少女的樣子反而讓他困惑。

「怎樣？」

他問。但少女沒有什麼特別的反應。

「沒什麼……」

她只這麼回道，又喝了一口咖啡，完全不理會站在面前的流。

「……」

流把頭微微歪向一邊，小心地把托盤放在桌上，默默地回到櫃臺後面，繼續雙手抱胸。

這讓少女有些疑惑。

「那個，」

她對流開口說。

「什麼？」

「我沒點這些。」

少女的口氣有點不高興，她指著眼前的托盤對流說。

「招待。」

面對少女微微的抗議，流得意地回答。

「……」

少女專注地盯著眼前招待的食物。流放下雙臂，把兩手撐在櫃臺上，探出上身。

「像妳這樣的女孩子，特別從未來跑來，什麼都不招待就讓妳回去，不是有點那個嗎？」

流可能期待少女會道謝，但她只盯著流的面孔，連笑也沒笑一下。少女的氣勢壓倒了流。

「怎樣？」

他狼狽地說道。

「沒事。那我就開動了。」

「真、真坦率呢。」

「反正也沒有什麼好懷疑的。」

「……」

少女熟練地把奶油塗在吐司上，張嘴喀喳地咬下，她胃口非常好，喀喳、喀喳地一口接一口吃著。

流等待著少女的反應，當然是等她對自己自傲的奶油發出讚嘆。

但是少女完全沒有任何流期待的反應，她表情完全沒變化，喀喳喀喳地把吐司吃完之後，沙拉也一口接一口，水果優格也希哩呼嚕地吃完了。

最後少女只雙手合十說謝謝招待，除此之外，始終一言不發。

流垂頭喪氣，十分失望。

喀啦哐噹。

數回來了。她把一大串鑰匙遞給櫃臺後面的流。

「我回來……」

她說到一半，看見少女坐在那個位子上。

「喔。」

流接過鑰匙，他並沒有回說：妳回來啦。

數越過櫃臺抓住流的手臂，壓低了聲音。

「……那是誰？」她問。

「誰知道？」

流不高興地回答。

通常數對那個位子上坐著什麼人並不特別關心，想也知道就是為了見某個人而從未來過來的，當然也不會去干涉。但是這麼可愛的客人還是第一次，她不由得觀察著少女。

少女察覺數的視線。

「妳好。」

她說。而且還帶著流沒見過的笑容，流的左眉抽動。

「妳來見什麼人嗎？」

「啊，嗯。」

少女坦率地回答了數的問題。聽到她們的對話，流噘起了嘴，剛才他也問過同樣的問題，少女並沒有回答，他自然覺得不爽吧。

「但是沒人在啊？」

流不服氣地轉過臉喃喃說道。

究竟是來見誰的呢？數用食指敲著下顎想著。

「哎？難道是……」

數敲著下顎的食指直接指向流，確實店裡除了數之外，就只有流了。

流也用手指著自己。

「……我嗎？」

他說著雙手抱胸，大聲地「嗯——」了一聲，大概是在回想少女出現之後的情形吧。

少女在那個位子上出現大約是十分鐘前，今天計說要去婦產科，拜託數陪她去。平常的定期健康檢查都是流陪同，只有今天不一樣，因為流覺得婦產科是「男人不能去」的女性聖域。

所以今天店裡只有流一個人當班。

——是看準了只有我在的時間嗎？

流的心跳突然加速。

——原來如此，剛才的態度是因為害羞嗎？

流搓著下巴，點點頭表示同意，颯爽地從櫃臺後出來，坐在少女對面的位子上。

「……」

少女毫無反應，默默地望著流，但是流已經不是剛才的流了。

——如果連這種冷漠的視線也是為了掩飾害羞的話，那就太可愛了。

流愉快地微笑起來。

「難不成妳是來見我的嗎？」

他帶著從容的表情，對著把手肘支在桌面上的少女說道。

「不是。」

「見我的。」

「不是。」

「我。」

「不是。」

「……」

完全沒有追擊空間的無懈可擊防禦。

「徹底否認。」

數聽了之後，下了結論。流失望地低下頭。

「不是我啊……」

他抱怨道。蹣跚地走回櫃臺後面。

少女好像覺得流沮喪的樣子很好笑，惡作劇般地吃吃笑了起來。

喀啦哐噹。

牛鈴響起的時候，少女急忙望向正中央的落地鐘。這家店裡的落地鐘只有中間那座的時間是正確的，她知道另外兩座一座會慢，另一座會快。

少女盯著入口瞧。

「……」

過了一會兒——

「數，謝啦。」

計說著走了進來，她穿著淺藍色的洋裝和細帶涼鞋，用大草帽當扇子拍搭拍搭地搧風。

她跟數一起出門，但回來的時候她繞去附近的便利商店，手上提著小塑膠袋。計生來個性明朗，有魅力又不怕生，就算長相嚇人的客人來店她也不畏縮，就算是不會說日語的外國人她也毫不害羞。

計注意到少女坐在那個位子上。

「歡迎光臨。」

她一如往常地露出微笑說道。她的笑容比平常更加燦爛，聲調也稍微高了一些。

「……」

少女稍微直起身子，抬眼往上瞧，微微點頭。

計只回她一笑，走向後面的房間。

「所以結果怎樣？」

流有點不可思議地叫住計。計讓數陪她一起去婦產科檢查，那他自然有要問的事。

計用手拍拍仍舊平坦的腹部，非常愉快地比了一個V字手勢。

「這樣啊。」

流說著，瞇起本來就很細小的眼睛，點了點頭。

計很清楚流高興的時候也沒辦法坦然表現出高興的樣子，她滿意地望著流的面孔。

坐在那個位子上的少女，微笑著用水靈靈的眼睛望著這一幕。

計好像完全沒注意到少女的視線，繼續往裡面的房間走去。

「不好意思。」

就像是某種信號一般，少女大聲地對計喊道。

「什麼？」

被叫住的計反射性地回答，骨碌碌的眼睛轉向少女。

少女凝視著計，然後垂下眼瞼，好像不好意思地欲言又止。

「怎麼啦？」計問。

她彷彿下定決心般抬起頭，表情可愛又純真，跟剛才對流的那種冷淡態度完全不一樣。

「那、那個……」

「什麼？」

「可以一起照相嗎？」

少女的話讓計的眼睛驚喜地閃閃發光。

「跟我？」她問。

「對。」

少女毫不猶豫地回答。

「跟這傢伙？」

流立刻指著計，又問了一次。

「對。」

少女仍舊精神飽滿地回答。

「難道妳是來見我大嫂的嗎？」

「對。」

數的疑問她也立刻回答。

不認識的少女突然這麼說，計也毫不猶豫，雙眼閃閃發光。她向來不怕生，對什麼事情都沒有警戒心，也因此少女是什麼人、為什麼要跟她合照，她完全不介意。

「哎？真的？那我補個妝吧？」

她立刻回答。說時遲那時快，她從肩上的包包裡拿出粉盒，開始補妝。

但是——

「啊，沒有時間了。」

少女立刻打斷她。

「……這樣啊。」

當然，計很清楚規矩，她紅著臉，啪答一聲閉上粉盒。

平常想照相的人會靠向想合照的對象，但現在的情況是少女無法離開座位，因此計把手上的塑膠袋和草帽遞給數，站到少女旁邊。

「相機呢？」數問。

少女把放在桌上的相機遞給她。

「哎？這是什麼？相機？」

計看見她遞給數的相機，驚喜地叫起來。她會驚訝也不是沒有原因，那台相機跟名片差不多大小，薄而透明，看起來就像是普通的塑膠片。

「好——薄——喔！」

計樂得要命，她從數手中接過透明的相機，從各個角度反覆觀看。

「不好意思，沒有時間了。」

少女冷靜地制止如孩子般歡快的計。

「對喔。」

計聳聳肩，再度站在少女旁邊。

「那我要照了喔。」

「好。」

數用相機對著兩人，使用方式顯然並不困難，只要按下畫面上顯示的按鈕即可。

喀喳——。

「哎？等一下，這什麼時候要照？」

計想至少整理一下髮型，用手拂著瀏海的時候，數就按下了快門，把相機還給少女。

「咦，已經照了？」

數跟少女都非常俐落，只有計一個人腦袋裡充滿問號，困惑不已。

「謝謝各位。」

少女說著，把剩下的咖啡一口氣喝完。

「啊，等一下……」

計要阻止已經來不及了，少女變成了熱氣，熱氣往天花板上升，熱氣下方出現了洋裝女子，乍看之下，簡直像是忍者的變身術一樣。

在場的三個人已經司空見慣，並不特別驚訝，但要是什麼也不知道的客人看見了，應該會非常震驚。在這種情況下，他們都會說「這是魔術」來蒙混過去。當然要是有人問是怎麼辦到的，他們也不能回答。

熱氣下方出現的洋裝女子一如往常閱讀著小說，但看見眼前的托盤，用右手把盤子往前推，意思是快收走。

計拿起托盤，流從她手裡接過，歪著頭走進廚房裡。

「那是誰啊？」

計喃喃說道。拿過剛才交給數的塑膠袋和草帽，消失在後面的房間裡。

「……」

數望著洋裝女子坐著的位子，滿臉難以釋然的表情。

到目前為止，從來沒有從未來回來見流、計或數的客人，因為店員隨時都在，用不著特地回到過去見面吧。

雖然如此，還是有個少女來見計了。

數絕對不會多問是什麼人為了什麼理由會從未來過來，就算是殺手，她也不會干涉。

因為有回到過去之後，無論如何努力也不能改變現實的規定。為了遵守那樣規矩，會有各種連鎖的現象發生。

比方說，從未來帶著槍的男子出現在這家咖啡店，開槍打中了一個客人，讓他瀕臨死亡。不管是故意還是意外都無所謂，雖然很不幸，但要是被擊中的客人未來還活著，那就算子彈打中了心臟，他也絕對不會死。

規矩就是這樣。

數他們當場會叫救護車並且報警，救護車接到通報就會出發，那輛救護車絕對不會碰到塞車，從消防局出發到現場，從現場到醫院的運送過程都是最短最快的。

到達醫院之後，醫護人員可能都會垂頭喪氣、異口同聲地說：「應該是沒救了。」但是當天醫院裡剛好有位世界上屈指可數的外科名醫來訪，名醫自願替患者動手術。而被擊中的男人血型是一萬人中才有一人的罕有血型，但這家醫院就這麼剛好會有存貨。然後，參與手術的輔助人員也都是一時之選，於是手術順利完成。而執刀的名醫認為，要是再晚一分鐘到達、子彈再往內一毫米的話，就一定沒救了。

當場大家可能都會說這是奇蹟，但事實上並不是。這是規矩，因為規矩是這樣，所以被槍擊中的男人絕對會獲救的。

也因為有這樣的規矩，數完全不在乎什麼人為了什麼目的從未來回到這裡。完全不介意。因為從未來回來的訪客，所有的行動都是白費功夫。

「這個，拜託了。」

流的聲音從廚房傳來，數轉過身，流把替洋裝女子準備的咖啡托盤遞了出來，數接過托盤，走向洋裝女子的桌位。

數望著洋裝女子好一會兒。

那個孩子到底是來做什麼的呢？要跟大嫂照相的話，不用特別回到過去啊……。她心不在焉地想。

喀啦哐噹。

「歡迎光臨。」

流的聲音讓數回過神來，她把咖啡放在洋裝女子面前。

——我感覺好像錯過了什麼非常重要的事。

數微微搖頭，像是要甩掉這種感覺。

「大家好。」

進來的是高竹，她剛下班，穿著淺黃綠色的馬球衫和白色的裙子，黑色平底鞋，她放下肩上的托特包。

「高竹小姐。」

流一開口叫她，高竹立刻轉過身來。

「啊！」

流慌張地更正。

「房木先生的太太！」

高竹微微一笑，在櫃臺的位子坐下。

三天前，高竹回到過去，收下了房木想給她的信，從那天開始，高竹就禁止大家用舊姓稱呼她。現在高竹喜歡「房木先生的太太」這種叫法。

高竹把托特包放在旁邊的椅子上。

「咖啡。」

她微微傾首，略微作態地說。

「知道了。」

流低下頭回答。接著轉過身，開始準備泡咖啡。

高竹環視沒有別的客人的店內，聳聳肩膀，嘆了一口氣，她原本心想要是房木在的話，就可以一起回去了吧。真可惜。

數微笑地看著他們，一邊替洋裝女子上了咖啡。

「那我去休息了。」

數說道。接著就走進裡面的房間。

「好好休息。」

流沒有回話，反而是高竹揮著手說。

雖然說是八月上旬，但天氣已經是盛夏，然而，高竹就算是夏天也是喝熱咖啡。她喜歡剛泡好的咖啡香味，冰咖啡沒有味道，熱咖啡的話，就可以慢慢細品。高竹的咖啡每次都是流親自沖泡的。

流平常都用虹吸式咖啡壺煮咖啡。虹吸式是將熱水倒進玻璃壺中，用酒精燈加熱，沸騰的水上升到漏斗裡，再浸泡漏斗中研磨好的咖啡粉以萃取咖啡。

但是像高竹這樣喜歡品味咖啡味道和香氣的常客，他就會改用手沖。手沖是在漏斗裡放上濾紙，把研磨好的咖啡粉放入，從上方倒下熱水的萃取法。流在手沖的時候，會考慮溫度和熱水注入的方式等等，以調整苦味和澀味。

在沒有背景音樂的安靜店內，可以聽到咖啡從漏斗中慢慢滴下時微弱的滴答聲。高竹側耳傾聽那個聲音，滿足地微笑起來。這段時間也非常令人愉快。

順便一提，計用的是自動咖啡機，從磨咖啡豆到味道的調整都是一個按鈕搞定，計不在意泡咖啡的方法，只會使用這種咖啡機。因此來喝一杯講究咖啡的常客，要是流不在，也會有人不點咖啡。因為不管是流泡的還是計泡的，咖啡的價錢都不會改變，所以這也是理所當然的事。

數比較常用虹吸式咖啡壺，並沒有什麼特別的理由，她只不過是喜歡看玻璃瓶裡的熱水上升到漏斗而已。要是問數的話，手沖式簡直是自找麻煩。

流端上一杯他講究的咖啡。高竹閉上眼睛，深吸一口面前咖啡的香氣，這真是最幸福的一瞬。

這家咖啡店因為流的堅持，咖啡基本都是摩卡。

摩卡的特徵就是香味。跟高竹一樣喜歡咖啡香氣的人會非常欣賞；但摩卡的另一個特徵就是酸味比較強，喜歡就喜歡，不喜歡就不喜歡，可以說是會挑選客人的咖啡。

跟奶油一樣，流看見欣賞咖啡香氣的客人就覺得很高興，本來就像一條線般的細眼便瞇得更細了。

「……這麼說來，」

欣賞香氣的高竹好像突然想起什麼似的說道。

「昨天和今天，平井小姐……都沒開店呢。你們有聽說什麼嗎？」

髮捲女平井在離這家咖啡店不到十公尺的地方，經營一間小酒館。只有六個櫃臺座位的小店，生意非常好。開店時間要看平井的心情，但基本上沒有休假日，自從開店以來，從來沒有不營業的日子。太陽一下山，就有好些常客在門口排隊，有時店裡還會有超過十位的客人，當然除了六位之外，其他人都站著喝酒。

來店的客人並不只有男性，平井也很受女性歡迎。坦誠直率的平井有時候會刺到對方的痛處，但她沒有惡意，聽到的人反而覺得很痛快。這是她生來的天性吧，不管說什麼，別人都會原諒她。她打扮非常花哨，外表引人注目，但她自己一點都不在意。她非常注重禮儀，只要她覺得是正確的，無論什麼意見都會傾聽；要是她覺得不對，就算對方社會地位崇高，她也絕對不會附和。她的客人當中有花錢如流水者，但除了酒錢之外，她什麼也不拿；有人為了討好平井而送她高價的禮物，她也從來沒有收過；有人買房子公寓、賓士法拉利、珠寶等等，但平井只說「我沒興趣」，完全不屑一顧。

高竹偶爾也會去平井店裡，她覺得那是一間適合開心小酌的好地方。

然而，常客每天都期待前往的平井小店，這兩天都沒有開門，沒人知道原因，怪不得高竹擔心起來。

說起平井，流的臉色一變。

「哎？怎麼啦？」

高竹略微吃驚地問。

「她妹妹……出了車禍……」

「咦？」

「所以，她回老家……」

流慢慢地開口說道。

「……這樣啊。」

高竹的視線落在猶如漆黑深淵的咖啡表面上。

她也知道平井的妹妹平井久美，她會來找離家出走的平井，希望能說服她回老家。這一兩年平井嫌煩，常常躲著不見面，但高竹聽說妹妹還是每個月都到東京來找平井。

久美三天前才剛來過這家咖啡店，而車禍是在回家路上發生的。久美開的小車被疲勞駕駛的大卡車越過分隔線迎面撞擊，她被救護車送往醫院，卻在到院之前就已經死亡。

「那真是太難受了……」

高竹的咖啡一點都沒有減少，微微冒的煙現在也已經看不到了。流低著頭，傾身向前，雙手撐著櫃臺。

接到平井簡訊的是流，計沒有手機，所以平井是跟流聯絡。簡訊中說明了車禍的經過，以及她因此要暫時關店，內容十分簡潔，簡直就像事不干己似的。計擔心平井，借了流的手機傳了簡訊，到現在還沒有收到回覆。

平井的老家位於宮城縣仙台市青葉區，是創業至今一百八十年的老旅館，名叫「TAKAKURA」，漢字寫做「寶藏」。

說到仙台，每年都會舉行知名的豪華七夕祭典。仙台的竹枝裝飾特徵，是在超過十公尺的巨大竹子上掛著五套垂著流蘇的紙彩球，此外，也一定會加上祈願紙條、木片、紙衣、紙鶴等等祈求生意興隆、無病息災的七種小裝飾。

仙台的七夕祭典跟星期幾無關，從八月六日開始舉行八天。再過幾天，以仙台車站為中心的各商店街都會開始準備竹枝裝飾了，這是每年夏天三日間累積兩百多萬人次觀光客的一大盛事。

當然，從舉行七夕祭典的仙台車站，搭計程車十分鐘便能抵達的「寶藏」旅館，在這個時期也非常忙碌。

喀啦哐噹。

「歡迎光臨。」

流一反常態地高聲招呼，也該是打破這沈重空氣的時候了。

聽見牛鈴的聲音，高竹也直起腰，拿起咖啡杯，而咖啡的熱氣已然消散。

「歡迎光臨。」

計在裡面的房間裡聽到牛鈴的聲音，穿著圍裙走出來。

但，並沒有人出現。

這家咖啡店的入口跟一般有點不同。從地面走下台階，有一扇兩公尺高、光澤華美的大木門，上面有歐洲風格的雕刻裝飾，門面上的陰影營造出高級的感覺。

從這扇門到店內入口有一小段空間，要走個兩三步，所以光是牛鈴響起沒法知道是誰來了。

「……？」

沒人進來，流歪著頭時，聽到了熟悉的聲音。

「老闆！計！有人在嗎？誰拿點鹽來！拿鹽來！」

「平井小姐？」

通常葬禮結束後，不會這麼快就回來的。

計睜大了閃亮的眼睛望著流，他也正因為和高竹談到平井而傷感中。但平井跟往常一樣高亢的情緒，讓他一時之間反應不過來。

平井的意思是要灑鹽驅邪吧，她的聲音簡直像是正在廚房與高采烈準備晚餐的媽媽叫人一樣。

「快點——」

而且聲音不知怎地，聽起來還蠻嬌媚的。

「啊，好、好。」

流終於有了動靜，他拿著廚房做菜用的小鹽罐，小跑步到門口。

沒有門的入口處，平井跟平常一樣打扮得非常誇張，高竹不由得心想這也太不檢點了。

——難道說，妹妹去世不是真的？

計應該也有同樣的想法，兩人面面相覷。

「啊——累死了——」

平井以散漫的步伐批哩啪啦地走進來，她走路一向如此。但今天並沒有做大紅或粉紅的鮮豔打扮，確實穿著喪服，頭上也沒纏著亂七八糟的髮捲，髮型梳得好好的，看起來判若兩人。

「對不起，可以給我一杯水嗎？」

穿著喪服的平井在中間的桌位坐下，舉起右手對著計說。

「啊，好。」

計根本不必慌張的，卻還是匆忙走進廚房去倒水。

「呼——」

平井在椅子上伸展雙手雙腳，癱成大字形，只有掛在右手上的黑色皮包搖晃著。

流手裡還拿著小鹽罐，高竹則從櫃臺的位子上靜靜地望著平井，而計端著水杯走出來。

「謝謝。」

平井把皮包放在桌上，立刻接過杯子，一口氣把水喝光。計望著她喝水的樣子，不由得也抬起下巴。平井呼地吐出一口氣。

「再來一杯。」

她把空杯子遞給計，計接過杯子後，又立刻走回廚房。

平井用手背拭去額上的汗珠，嘆了一口氣。

「平井小姐。」流看著她說。

「什麼？」

「呃……」

「嗯？」

「不是，怎麼說呢……那個……」

「？」

「請您節哀順變……」

平井若無其事的樣子，讓流幾乎說不出慰問的話。

高竹也遲疑地低下頭。

「我妹妹的事嗎？」

「嗯，是的。」

「怎麼說呢，真是太突然了……」

平井聳著肩膀說。

這時計端著第二杯水走回來，平井的樣子雖然讓她困惑，她還是把杯子遞了過去，怯怯地低下頭。

「不好意思。」

平井把第二杯水也一口氣喝完。

「剛好撞到了要害……她運氣不好啊。」她坦然地說。

「是今天嗎？」

平井那事不干己般的說法，讓高竹皺起眉頭詢問。

「什麼？」

「當然是葬禮啊。」

高竹的言辭表露出對平井態度的不悅。

「是啊。看見這樣……」

穿著喪服的平井站起來轉了一圈。

「沒想到很適合我吧？是不是看起來穩重多了？」

平井擺出簡直像是廣告上模特兒的姿勢，沾沾自喜地說。

去世的是平井的妹妹，若這個事實無誤的話，在這種狀況下，平井的態度實在是太不合宜了。

「妳也不必這麼快就回來……」

高竹更加不悅，語氣強硬地說。

這樣去世的妹妹豈不是也無法安心嗎？她其實是想這麼說吧，但只皺著面孔把話硬吞下去。

「這麼說也太那個啦，我還得顧店啊。」

平井不再裝腔作勢，頹然坐下，搖著手回答。她似乎明白高竹想說什麼。

「但是……」

「沒關係、沒關係。」

平井伸手從黑皮包裡拿出一根香菸。

「沒事嗎？」

流用兩手捧著小鹽罐問道。

「什麼沒事？」

平井愛理不理地說。她叼著菸，望著皮包裡面，大概是沒看見打火機吧，她沈著臉翻找。

「……」

流從口袋裡掏出打火機遞給平井。

「令尊令堂啊。令妹突然去世，他們一定很寂寞，妳是不是多陪陪他們比較好……」

平井接過流的打火機，點上菸。

「嗯……一般情況下，是這樣沒錯啦……」

她呼出一口煙，把菸灰彈在菸灰缸裡。香菸的煙霧裊裊上升，慢慢消散，平井望著煙的方向。

「沒有容身之處。」

她面無表情地喃喃說道。

流和高竹一時之間無法理解平井在說什麼，都吃了一驚。

平井望著他們倆，又再補充說明。

「沒有我的容身之處。」

她呼出一口煙。

「沒有容身之處？」

計擔心地望著平井反問。

「哎喲，她那天不是來找我，然後回去的時候發生車禍的嗎？所以呢，我爸媽看我的樣子就好像這全都是我的錯囉？」

平井用閒聊般的口氣輕鬆地說道。

「怎麼會有……」

這種事。計想這麼說，但平井呼出一口煙打斷了她。

「是真的。」

她自暴自棄地說。

「我讓她一次又一次到這裡來，然後再把她趕回去……」

三天前，幫平井躲著久美趕她回去的計，帶著愧疚的表情低下頭。平井毫不在意地繼續說下去。

「我爸媽連話都不肯跟我說呢。」

平井臉上的笑容消失了。

「一個字都不說……」

傳來久美死訊的是在旅館工作多年的女侍領班。這幾年來，平井沒有接過旅館、老家打來的電話，連旅館工作人員的電話也不接。

但是，該說是某種預感嗎？兩天前響起的電話顯示是女侍領班的號碼，她一看見就感到心中一陣不安，立刻接了起來。

女侍領班邊哭邊說，平井只回了一句：「這樣啊。」然後就把電話掛了，立刻拿起錢包叫了計程車回老家。

平井搭的計程車運將自稱以前是演藝人員，在路上運將不由分說地一直說著笑話，而且這些段子還都很有趣呢。平井聽得在狹窄的車裡滾來滾去，捧腹大笑，因為笑得太厲害，眼淚都流了出來。

就這樣，平井搭計程車回到了出生成長的老家──「寶藏」旅館。

一大早從東京出發花了五小時，車錢超過十五萬日圓，平井用現金支付，前任演藝人員運將說：「零頭不用了。」愉快地把車開走。

平井下了計程車，才第一次注意到自己還穿著拖鞋，髮捲也還在頭上。

接近正午的太陽，毫不容情地照在穿著薄上衣的平井身上，大顆的汗珠紛紛落下，但她沒有手帕。

平井走上從旅館通往老家的碎石路。老家就在「寶藏」旅館的後方，自創業以來，從來沒有改建過的純日本式老屋。

越過傳統的數奇屋門*[3]，正面就可以看見主屋玄關入口。雖然已經闊別十三年，但一切都沒有改變，簡直像是時間停止了一樣。平井心想。

伸手拉拉門，門沒有上鎖，開門時發出喀啦喀啦的聲音，打開後踏上水泥

*注3：傳統日式宅邸最外圍的大門

地板，屋裡涼得令人打顫。從玄關沿著走廊往前走，時值正午，屋裡卻很暗。雖然傳統日本老屋都很陰涼，但平井覺得這氣氛有種無限蔓延的感覺，安靜的走廊上也只有嘎吱嘎吱的腳步聲。

平井家的佛堂就在客廳後面。她瞥進佛堂，看見父親保生坐在落地拉門打開的走廊上，望著綠意盎然的中庭的矮小背影。

久美靜靜地躺在她眼前。她的白色浴衣上，蓋著歷代「寶藏」老闆娘的一斤染淺粉紅和服外袍。保生剛剛還在久美旁邊吧，應該蓋在臉上的白布被他攢在手裡，母親路子則不見蹤影。

平井坐了下來，凝視著久美的臉。久美面容非常安詳，簡直像是能聽到她的呼吸聲一樣。平井溫柔地撫摸久美的面孔，心裡默默地說：「太好了。」

車禍有時會造成臉部嚴重損傷，只好像木乃伊一樣包著白色的繃帶入棺。平井聽說久美被卡車正面衝撞，現在看到她漂亮的面孔，打心底覺得太好了。

她父親仍舊望著庭院。

「爸爸……」

平井艱難地逼出聲音，對著保生的背影叫道。她離家十三年以來，這還是第一次跟爸爸說話。

「……」

但是保生仍舊背對著平井，沒有任何回應，她只聽見微微抽鼻的聲音。

平井望著久美的臉，然後慢慢起身，靜靜地離開房間。

街上到處是忙著準備七夕祭典，熱鬧異常。平井戴著髮捲，穿著短上衣拖鞋，就這樣一直在街上走到天黑。途中，她在商店街買了喪服，然後去旅館訂了一間房。

葬禮當天，她在哭得肝腸寸斷的父親旁邊，看見強打精神應對的母親路子。平井並沒有坐在親屬席，而混雜在來弔唁的客人當中，她只一度跟母親路子視線相交，卻沒有交談。

葬禮順利進行，平井有上香，但沒有跟任何人打招呼，就這樣離開了。

長長的菸灰無聲地落下，平井看到了。

「……就這樣。結束。」

她說著，把菸捻熄。

流低著頭，高竹仍舊拿著杯子動也不動。計擔心地一直看著平井。

平井輪流望著他們三人的面孔，嘆了一口氣。

「我啊，最不會應付這種沈重的空氣了。」

她很厭煩似地說道。

「平井小姐……」

計好像想說什麼，平井舉手制止。

「就說啦，不要用這樣臉色難看地問我：還好嗎？」

她再度強調。計仍舊好像有想說的話。

「我雖然這樣，其實也很難過啊……但是，難過未必要全身都表現出來吧？」

平井說道。她的腔調彷彿是在安慰哭泣的小孩一般。

說她很酷是很酷啦，要是計處於平井的立場，可能會哭個三天三夜也不一定；若是高竹的話，估計會悼念故人服喪，謹言慎行好一段時間吧。但平井既不是計，也不是高竹。

「我有我傷心的方式……」

平井站起來，拿起皮包。

「那就這樣了……」

她說完，便想從流旁邊走過。

「那妳為什麼到這裡來？」

流像是自言自語般地說。平井在入口處慢動作似的停下腳步。

「為什麼不立刻回家，而到這裡來？」

流背對著平井繼續步步逼問。

「……被你看透了啊！」

平井沈默了一會兒，嘆著氣說。接著轉過身，朝剛剛坐著的位子走去。

流沒有望著平井，只盯著手上的小鹽罐。平井回到桌前坐下。

「平井小姐……」

計說著，手裡拿著一封信走過來。

「這是……」

計把那封信怯怯地遞到平井面前。

「……妳沒有丟掉？」

平井記得這封信，要是沒搞錯的話，這就是三天前久美在這家咖啡店寫給平井的信。平井沒有看信，就叫計把信丟了。

「……」

平井用發抖的手慢慢接過信，這是久美最後的一封信。

「完全沒想到會在這種情況下交給妳。」

計遺憾地低下頭。

「沒事……謝謝……」

平井回道。接著從沒有封口的信封裡，拿出折了兩折的便箋。內容正如平井料想的，跟以往一樣千篇一律，煩得要命聽膩了的詞句，平井卻流下了一行清淚。

「……連那孩子的一面都沒見到，事情就變成這樣了，不是嗎？」

平井抽著鼻子說道。

「只有那個孩子……從不放棄，一次又一次來找我回去……」

久美第一次到東京來找平井時，平井二十四歲，久美十八歲。但那時候平井還覺得久美是「可愛的妹妹」，不時瞞著雙親跟她聯絡。

久美是個腳踏實地、個性直率的妹妹。當時她還是高中生，不上學的日子就已經在旅館幫忙了。平井離家後，她更是一人背負雙親的期許，在滿二十歲之前就已經當上小老闆娘，成為老旅館「寶藏」的代言人。

久美試圖說服平井回家，就是從那時候開始的。

身為小老闆娘的久美非常忙碌，但她在兩個月一次、不知道能不能取得的休假日，都一定會來東京找平井，當初可愛的妹妹說的話平井都一一聽了。

但不知何時開始覺得麻煩惱人，最近一兩年，她們幾乎不見面，平井總是逃避久美。甚至最後在這家咖啡店，她躲起來不見久美的面，連信看也不看便直接叫人丟掉。

平井把計給她的信放進信封裡。

「我知道。不管做什麼，現實都不會改變……我很清楚。」

「……」

「那天，讓我回到那天。」

「拜託！」

平井露出前所未見的認真表情，深深低下頭。

流把小眼睛瞇得更細了，他凝視著低頭的平井。

平井說的「那一天」，是久美到這家咖啡店來的三天前、車禍發生之前的「那一天」。當然流也很清楚，平井想回去見死去的妹妹。

計和高竹都屏息等待流的回答。店裡靜得嚇人，只有洋裝女子若無其事地繼續讀小說。

咔——。流把小鹽罐放在櫃臺上的聲音在店內迴盪，然後他默默地走進裡面的房間。

「……」

平井抬起頭，深深吸了一口氣。流在房間裡面叫數的聲音隱約可聞。

「但是……」

「我明白。」

平井打斷高竹想說的話，她並不想聽，她走到洋裝女子面前。

「事情就是這樣，妳讓我坐一下，好嗎？」

「平、平井小姐。」計驚慌地說。

「好不好！拜託啦！」

平井不理會計，雙手合十，好像拜菩薩一樣哀求她，樣子雖然看起來有點蠢，但平井是認真的。

「……」

然而，洋裝女子動也不動。

「喂，妳聽見了嗎？不要不理我，位子借我坐一下，不行嗎？」

平井不悅地說著，便朝洋裝女子的肩膀伸出手。

「等、等等，不行的！」

「拜託啦！」

平井不聽計制止，抓住洋裝女子的手腕，想強迫她離席。

「平井小姐！」

計叫出聲來。在那一瞬間，洋裝女子突然睜大了眼睛，瞪著平井。平井覺得自己的身體好像立刻沈重了好幾倍，簡直像是地球的重力突然增加了一樣。店裡的照明猶如風中殘燭般搖曳，不知從哪傳來了亡靈呻吟似的陰沈聲響籠罩了店內。

平井無法動彈，當場雙膝跪地。

「這是怎麼回事啊！」

「我不是說了嗎……」

計嘆了一口氣，她無可奈何地說道。

平井雖然很清楚規矩，但完全不知道有詛咒這回事。想回到過去的客人，大多聽到麻煩的規矩就打退堂鼓了。

「鬼！惡魔！」平井大叫。

「不是，只是幽靈而已。」

計冷靜地吐槽。平井趴在地上，不斷咒罵洋裝女子，但其實罵她根本是白費力氣。

「啊……」

數從裡面的房間出來，眼前的狀況立刻一目了然，她馬上走進廚房，端著玻璃咖啡壺再度出來，站在洋裝女子旁邊。

「咖啡要續杯嗎？」她問。

「麻煩妳了。」

洋裝女子一說話，詛咒就解開了。

其實，能解開詛咒的不是計也不是流，只有數才辦得到。

平井擺脫了詛咒，恢復正常，呼呼地喘著大氣，跌坐在地坂上。

「數……這個人，妳跟她說說啊！」她哭喊著。

「我明白了。」

「有什麼辦法嗎？」

數看著自己手上的咖啡壺，想了一會兒。

「不知道行不行得通……」

「隨便什麼都可以！拜託啦！」

平井像是抓著救命稻草般地說，她雙手合十懇求。

「……我試試看。」

數說著走近洋裝女子。

平井在計的扶助下站了起來，望著數的一舉一動。

「咖啡要續杯嗎？」

數再度問道。杯子裡分明才剛剛倒過咖啡的。

「？」

平井跟高竹都不知道數是什麼意思，兩人都歪著頭。

「麻煩妳了。」

洋裝女子若無其事地回應，並把剛才解除詛咒時倒的咖啡一口氣喝完。

數在空的咖啡杯裡再度倒上咖啡，洋裝女子沒有特別的反應，仍舊繼續看小說。

「咖啡要續杯嗎？」

數立刻再度對洋裝女子說道。

當然，那杯咖啡洋裝女子一口都還沒喝，杯子裡的咖啡是滿的。

「麻煩妳了。」

洋裝女子仍舊若無其事地說道，然後把咖啡咕嘟咕嘟地喝完。

「難不成……」

高竹察覺數的意圖，臉色一變，但這個作戰方式是洋裝女子得要一直續杯才能成立的賭注。

數繼續進行這種魯莽的作戰。

「咖啡要續杯嗎……？」

倒了滿滿一杯咖啡後，數又立刻問道。

她持續重複這麼做，而洋裝女子也每次都說：「麻煩妳了。」說完之後就會把咖啡喝完。

但是，洋裝女子的表情漸漸緊張起來，沒法一口氣喝完。她斷斷續續地，竟然喝完了第七杯咖啡。

「好像很難受啊。拒絕就好了，不是嗎……」

高竹喃喃道，同情起洋裝女子來。

「不能拒絕的。」

計在高竹耳邊悄悄地說。

「為什麼？」

「規矩就是這樣。」

原來不是只有想回到過去的人得遵守麻煩的規矩。高竹驚訝地望著眼前事態的進展。

數在杯子裡倒了第八杯快滿出來的咖啡，洋裝女子皺起了臉，但是數毫不容情。

「咖啡要不要續杯……」

數問她要不要第九杯時，洋裝女子突然站起來。

「站起來了！」

高竹興奮地叫道。

「……洗手間。」

洋裝女子低聲喃喃道。怨恨地瞪了數一眼，急急走向洗手間。

雖然手段有點強硬，但位子總算是空出來了。

「謝謝。」

平井說道。腳步沈重地走到洋裝女子的座位前。

平井的緊張感讓店內的氣氛都緊繃起來，她慢慢地深呼吸，把身體滑進桌子和椅子之間。

平井坐在椅子上，慢慢閉上眼睛。

久美從小就是個跟屁蟲妹妹，總是跟在平井後面姊姊長、姊姊短地叫個不停。

老旅館「寶藏」一年到頭不分季節都非常忙碌。父親保生是社長，母親路子是老闆娘，路子生了久美之後，立刻就回到工作崗位上。六歲的平井負責照顧剛出生的久美，平井上小學時，都背著久美去學校，幸好鄉下的學校老師們都很幫忙。上課時久美要是哭起來，平井就會離開教室，哄她、照顧她。

非常會照顧妹妹的能幹姊姊，這句話用來形容小學生時期的平井再恰當也不過了。不用父母操心，不怕生又容易和人親近，大家都喜歡的平井深受父母期待，覺得她將來一定能成為出色的老闆娘。

但，平井的雙親其實並不瞭解平井的個性。她是個自由自在、不拘小節的人，也毫不在意別人的眼光。正因為如此，她可以背著久美去上學，自己能辦到的事也全都不假他人，所以才完全不用父母操心。

然而，正因為她如此自由奔放，所以拒絕走上雙親期待的旅館老闆娘之路。她並不是討厭爸媽或旅館，只是想自由自在地生活而已。

平井十八歲時離家出走，當時久美十二歲。雙親對平井愛之深責之切，她的出走讓兩老勃然大怒，幾乎等於斷絕了親子關係。大為震驚的不只雙親，久美當然也一樣。

然而，久美可能隱約感覺到平井想離開家裡，因此她並沒有痛哭流涕、手足無措。

久美看了平井留給她的信，只喃喃地說：「真是太任性啦。」

回過神來時，數已經端著純白咖啡杯和銀咖啡壺的托盤站在平井旁邊，表情深刻又冷漠。

「規矩呢？」

「我很清楚……」

第一，就算回到過去，也無法見到不曾來過這家咖啡店的人。她最後見到久美是在這家咖啡店，雖然她躲了起來，不能算是見到，但是久美確實來過這裡。

第二，回到過去之後，無論如何努力，也不能改變現實。比方說，回到過去阻止久美開車回家，即便如此，因為是規矩，所以會發生各種各樣的事情，到頭來，久美死於車禍的現實仍然不會改變。對回到過去的平井來說，這真的是非常殘酷的規矩，她盡量不去想這一點。

第三，只有一個座位能回到過去，就是現在平井坐的這個位子。

第四，就算回到過去，也無法離開座位行動。

第五，有時間限制，從咖啡倒進杯子裡開始，到那杯咖啡冷卻為止。時間非常短暫，但是無論多麼短暫，能再跟久美見一面就好。平井用力點頭，給自己打氣。

「回去跟故人見面的人，常常會被感情左右，就算知道有時間限制，還是無法忍心告別……」

數不理會平井，繼續說道。

「……」

「所以，用這個……」

數把一根像是小攪拌棒的東西放進咖啡杯裡，那是調雞尾酒時常會用到的小道具。長度大約十公分的小棒子，乍看之下像是湯匙。

「這是什麼？」

「把這個放進杯子裡，在咖啡冷卻之前警鈴會響……」

「……」

「響了的話，」

「我知道。」

「……」

「我真的知道啦……」

數說到一半就被平井打斷，平井自己也覺得在咖啡冷卻之前這種說法非常曖昧，正感到有點擔心。

或許平井覺得冷了，但可能還有時間；平井覺得還溫熱，搞不好就已經非回來不可了。但只要警鈴響起把咖啡喝完的話，事情就很簡單，這樣平井唯一擔心的事情也解決了。

平井只是想道歉。久美一次又一次來找她，她竟然覺得厭煩，對她態度很壞，還有讓她繼承了「寶藏」的事。

平井離家，使得久美不得不繼承旅館。久美是溫柔善良的孩子，她沒法跟平井一樣違背雙親的期待。

然而，要是久美也有自己的夢想呢？

葬送了她夢想的人正是擅自離家的平井。這麼想來，久美不斷來勸她回家的理由也可想而知，只要平井回老家，久美就可以自由地實現自己的夢想。平井的自由是建築在久美的忍耐上，久美怨恨她也是情有可原。

事到如今，平井後悔也來不及了。

所以她想道歉，就算現實不會改變，至少想對久美說聲：「對不起，請原諒姊姊這麼任性。」

平井望著數的眼睛，堅決地點頭。

數把咖啡杯放在平井面前，右手從托盤上慢慢舉起銀咖啡壺，垂著眼瞼望向平井。

這是儀式。不管誰坐在這個位子上都不會改變，數的表情也一樣。

「那麼，」

她接著輕聲說了一句——

「在咖啡冷掉之前……」

她慢慢往杯裡注入咖啡。咖啡從銀咖啡壺的細口無聲地流出，簡直像是一條黑線。

平井凝視著慢慢倒滿的咖啡表面，焦急的心情讓她覺得咖啡倒滿的時間好長。她想快點見到妹妹，並跟她道歉。

咖啡倒出來便開始冷了，連這點時間都覺得可惜。

注滿的咖啡熱氣裊裊上升，平井全身被搖曳晃動的感覺籠罩，身體跟上昇的熱氣化為一體，她的身體慢慢上昇。雖然以前從來沒有過這種體驗，但她一點也不害怕。她緩緩閉上眼睛，安撫自己不要心焦。

☕

平井第一次到這家咖啡店來，是在自己開店三個月之後——七年前，平井二十四歲時的事。

晚秋的星期日，平井在附近散步，便隨意晃進咖啡店裡，當時只有平井和穿著白色洋裝的女子兩人。

圍圍巾都不奇怪的季節，洋裝女子卻只穿著短袖。就算是室內，這樣也有點冷吧？平井心想，便在櫃臺的位子上坐下。

她環顧室內，沒看見像店員的人，推開門時牛鈴響了，也沒聽到「歡迎光臨」。真是一家沒有待客之道的店啊，她心想。

雖然如此，平井並不討厭這種店，不如說這種不符合常規的作法很吸引她。通常平井會等待店員出現，可能只是剛好沒聽到牛鈴而已？還是這家咖啡店就是這樣？她不禁充滿了興趣。更有甚者，穿著洋裝的女人完全不理會平井，只默默地看小說，平井覺得自己好像是在店家休息的時候闖入了一般。

約莫過了五分鐘，牛鈴響起，一個中學女生自己走進來。那個女學生小聲地對平井說：「歡迎光臨」，然後鎮靜地走進櫃臺後面的房間裡。

平井不知怎地覺得很愉快，這家咖啡店並不刻意逢迎、自由自在，也不知道什麼時候才會有人出來像樣地接待客人。

違反一般的期待，正是這裡的優點。

平井點起菸，悠閒地等待。過了一會兒，從剛才中學女生進去的房間裡走出了一個女人，正是平井點起第二根菸的時候。女人穿著米色針織短外套和白色長裙，圍著酒紅的圍裙，大眼睛骨碌碌地轉著。一定是剛才那個女學生告訴她店裡來客人了，但她登場也未免太從容了些。

眼睛骨碌碌地轉著的女人不慌不忙，倒了一杯水放在平井面前，若無其事地說：「歡迎光臨。」簡直像是對待常客一般隨便的態度。普通的客人可能會很不高興，覺得「妳總該先道歉吧？」但是這種隨意的態度博得平井的好感。

不僅如此，這個女人完全不覺得自己有什麼不對，純真無邪地對著平井微笑。平井沒有見過比自己更隨心所欲、自由自在的女人，直覺對眼前這位女士有了好感。而平井的理論向來是：「先喜歡上就輸了。」

從那時起，平井每天都光顧纜車之行咖啡店。

平井知道這裡是「能回到過去的咖啡店」是當年冬天。

洋裝女子仍舊穿著短袖讓她疑惑，她問說：「那個人不冷嗎？」計就告訴她洋裝女子的真實身分，以及坐在那個位子上就可以回到過去。平井當時回答：「咦——」心裡並不真的相信，但是她也不認為計在說謊。總而言之，聽聽就算了。

這家店因為都市傳說出了名，客人蜂擁而至是半年後的事。

然而，就算知道能回到過去，平井也從來沒有想過要回去。平井生活的方式一直都跟後悔無緣，當然不會想回到過去。

而且規矩是不管怎麼努力都無法改變現實，回去也沒意義。平井是這麼想的。

直到久美車禍去世時為止……

平井在朦朧的意識中，聽到有人叫她的名字。

「平井小姐？」

平井聽到的聲音讓她大吃一驚，張開眼睛，順著聲音傳來的方向望去，是穿著酒紅圍裙的計。她大概有點吃驚，大眼睛閃閃發光。房木一如既往坐在離入口最近的桌位上攤開雜誌。一切正如平井記憶中的那一天。

平井回來了，回到妹妹久美還活著的那一天。

平井感到心跳加速，她得平靜下來才行。現在的她緊張像緊繃的線，勉強維持鎮定的狀態，要是線斷了，一定會淚流滿面無法抑止，眼睛紅腫，哭得一塌糊塗。她絕對不能以那種模樣和久美相見。

平井把手放在胸前，深呼吸保持平靜。

「妳好。」

她跟櫃臺後仍舊睜大了眼睛的計打招呼。

計可能沒想到自己認識的人會出現在那個位子上吧。

「怎麼？從未來來的？」

她眼睛閃亮地跟來訪者說道。

「對……」

「哎？來做什麼？」

過去的計不知道現在發生的事，她的問題直率又無邪。

「來跟我妹妹見面。」

平井沒有餘力編造謊言，她放在膝上的手握緊了信紙。

「啊，每次都來說服妳的妹妹？」

「對。」

「好稀奇！平常妳都躲起來的說？」

「今天……有點事……」

平井努力明朗地回答。雖然想要微笑，但眼神卻沒有笑意，連眨眼都沒辦法。

就連計都看得出她舉止怪異。

「發生了……什麼事嗎？」

計有點擔心，壓低了聲音詢問。

「……沒事。」

平井沈默一會兒，然後硬擠出聲音回道。

水從高處往低處流，這是因為地球重力產生的現象；但人的心也有類似重力的東西，在自己認可、相信的人面前無法說謊，不由得呈現出真實的本性，悲哀和想隱藏自己軟弱的時候尤其如此。這種時候在不相干的人、或是不相信的人面前，反倒輕鬆。

對平井而言，無法隱藏自己的對象就是計。

心的重力非常強，能夠包容接納一切、能夠原諒，計對她而言就是這樣的對象。計只要對她說一句溫柔的話，緊繃到極限的線就會立刻斷掉，她就是擁有這種破壞力。

只要一句話，要是，她再說一句話。計要是溫柔地對她說話，平井一定會把事情全部說出來的。

計擔心地望著平井。平井極力不看向計，而且不用看她也明白，因此一直別過臉不看計。這讓計更為介意，她從櫃臺後面走了出來。

喀啦哐噹。

牛鈴突然響起。

「歡迎光臨。」

計停下腳步，反射性地轉向入口說道。

這家咖啡店因為建築結構的關係，牛鈴響了之後，並不會立刻看見進來的人是誰。但平井知道那是久美。

三座落地鐘中央的那一座指著三點。三座落地鐘的時間都不一樣，但平井知道只有中間那座的時間是正確的。她妹妹久美在三天前的這個時間來到這家咖啡店。

那天，平井不得不躲進櫃臺後面，理由也跟這家咖啡店的構造有關。咖啡店位於地下層，只有一個出入口從地面通往地下，每個人都必須經過。

平井跟往常一樣中午過後出現，點了咖啡，跟計愉快地閒聊，然後才打算去上工。那天她剛好想早點開店，站起來看了中央的落地鐘以確定時間，剛好三點。她心想有點早，但偶爾認真一下做點小菜也不錯，於是平井付了帳，走出店裡。

正確說來，是把木門推到一半的時候，她聽見階梯上方傳來妹妹久美的聲音，久美一面講手機，一面走了下來。平井慌忙回到店裡，躲進櫃臺後面。

喀啦哐噹——。她才剛躲藏好，久美就走進來了。

這是三天前她沒有見到久美的經過。

現在平井坐在這個位子上，等待久美出現在入口處。

平井連久美穿什麼衣服都不知道，這一兩年她一直躲著她，連面孔都沒有好好看過。此刻，她深刻痛感自己一直躲避來找她的妹妹，如何惡劣地對待她，滿心都是歉意與後悔。

但是，平井現在不能哭出來，她從來沒有在久美面前哭過。要是哭了起來，久美一定會非常吃驚，一定會問她：「出了什麼事？」這樣的話，就算腦子裡明白「現實不會改變」，還是一定會說出：「開車會出車禍的，搭電車吧！」或是「今天不要回去了！」之類的話。

但說出來就完了。這種死亡宣告只會讓久美感到不安，她絕對做不出這種事，她這個姊姊不想再讓妹妹更加痛苦。平井壓抑洶湧的情感，再度深呼吸。

「姊姊？」

這個聲音讓平井覺得心臟好像停止了跳動，是本來再也無法聽見的久美的聲音。她慢慢睜開眼睛，看見久美站在入口處望向這裡。

「哈囉……」

平井舉起手搖著手指，盡量露出笑容回應。剛才緊張的表情完全不見了，只不過左手仍舊在膝上緊握著信紙。

久美只呆呆地望著平井。

「……」

平井完全明白久美的困惑。在此之前，平井每次見到久美，都是滿臉厭煩不悅的表情，張嘴就叫她快點回去，氣氛總是很糟；但現在不一樣，她滿面笑容地望著久美。一向正眼都不看久美一眼的平井，現在眼裡只有她。

「……哎？今天是怎麼啦。」

「什麼怎麼啦？」

「不是，最近幾年都沒有這麼容易就見到妳……」

「是這樣嗎？」

「是啊。」

「對不起、對不起……」

平井聳肩回道。她插科打諢的樣子讓久美稍微安心了一點，她慢慢地走近平井的桌位。

「啊，咖啡和土司，還要咖哩飯和什錦百匯，可以嗎？」

久美對櫃臺後面的計說。

「好——」

計偷瞥了平井一眼，看平井跟往常沒有什麼不同，鬆了一口氣，摸摸胸口，走進廚房。

「可以……坐這裡嗎？」

久美遲疑地指著平井對面的椅子說。

「當然……」

平井回道。果然還是笑臉，久美愉快地笑了起來，慢慢在平井對面坐下。

「……」

「……」

但是，有好一陣子兩人只是默默對坐著，久美微微低下頭，沒法輕鬆下來，坐立不安，而平井只默默地望著久美。

久美察覺平井的視線，咕噥著開口。

「……不知道為什麼，感覺有點奇怪耶？」

「什麼啊？」

「跟姊姊這樣面對面坐著，好像很久沒有過了……」

「這樣啊？」

「因為上次來的時候，只隔著門說話……在那之前，姊姊逃走我一面追一面叫妳啊。在那之前是在馬路對面。在那之前……」

「真是差勁。」

說也說不完。燈開著卻假裝不在家，還裝醉問她「妳是誰？」；她留下的字條看也不看就丟掉；連最後的一封信也是。真是差勁的姊姊。

「姊姊就是這樣啊。」

「對不起、對不起。」

平井伸出舌頭，做出開玩笑的樣子。

「……」

「？」

但是，平井的態度明顯與之前不同，久美應該有點感覺吧。

「真的，到底怎麼啦？」

久美擔心地詢問。

「什麼怎麼啦？」

「妳有點奇怪啊？」

「是嗎？」

「發生了什麼事？」

「沒有啊……」

平井盡量不太過誇張，自然地裝傻。有時候，人發現死期將至，會突然改變態度，溫柔起來，電視上常常看見這種例子吧。久美不安地望著平井，她覺得眼眶發熱。

要死的不是我。平井忍耐不住，終於低下頭。

「請、慢、用——」

幸好，計在這節骨眼上端著咖啡出現了。平井立刻抬起頭。

「不好意思。」

久美客氣地頷首致意。

「不客氣」

計說。把咖啡放在桌上，微微鞠躬，走回櫃臺後面。

「……」

「……」

對話不知怎地就中斷了，平井沒法主動開口，因為打從久美出現起，平井就極力忍住想抱緊她大叫「不要死！」的衝動。她光是嚥下隨時會衝口而出的話語就費盡了全力。

兩人沈默了一會兒，久美開始有點如坐針氈，她放在膝上的手裡握著一張捏成一團的紙，發出窸窸窣窣的聲音。久美不時瞥向店裡的老爺落地鐘，她不想讓平井注意到，但平井很清楚久美一舉手一投足都意味著什麼。

久美謹慎地選擇言辭，她低著頭，在心中反芻自己想說的話。當然，她想說的只有該怎麼說服平井回老家呢？但她始終難以說出口。

這也是沒辦法的事。因為這些年來，平井已經拒絕她不知多少次了，一而再，再而三地拒絕，平井的態度也隨之越來越冷淡。即便如此，久美仍舊沒有放棄。但她不可能習慣被拒絕吧，每次被拒絕後一定都受到了傷害、傷心萬分才是。

想到久美的心情，平井的心都要碎了。她一直讓久美這麼難受，久美這次也想像會被拒絕，遲疑也是想當然爾。久美一定每次都像這樣忍著顫抖，鼓起勇氣，一直不放棄。

這時，久美抬起頭，用堅定的眼神直視平井的眼睛。平井無法轉移視線，她只默默地凝視久美。

久美微微吸了一口氣，停頓了一下。

「我可以回去喔。」

平井如此回答。正確說來，久美還沒開口，這可能不算是回答。但是平井很清楚久美要說什麼，她答覆了久美希望她回老家的心願。

久美吃了一驚，她不知道平井在說什麼。

「哎？」她反問。

「我可以回去喔，回老家……」

平井溫柔地重複。

「真的？」

久美仍舊滿臉難以置信的表情，她再度確認。

「……我什麼都不會喔？」

平井抱歉地回答。

「沒關係、沒關係！工作現在開始學就可以了！爸爸跟媽媽都會很高興的！一定會！」

「這樣嗎？」

「當然！」

久美用力點頭，她的臉漸漸變紅，然後哭了起來。

「怎麼啦？」

這次輪到平井困惑了。她並不是不明白久美流淚的意味——平井回老家的話，她就自由了。她也知道久美因為多年來的努力終於開花結果而感到歡喜，但她沒想到她竟會喜極而泣。

「這一直是我的夢想……」

久美低著頭喃喃說道。大顆大顆的淚珠，滴滴答答地落在桌子上。

平井開始覺得胸口發緊。

久美果然也有夢想，她也有想做的事。平井的任性剝奪了她的夢想，而且是讓她喜極而泣的夢想。

平井想知道自己踐踏了久美怎樣的夢想。

「……什麼夢想？」

她以微弱的聲音問道。

久美抬起頭，紅著眼睛深呼吸了一下。

「跟姊姊一起經營旅館……」

她回答。久美哭泣的面容變成了笑臉，平井從來沒有見過久美有這麼幸福的笑容。

平井腦中回想起自己三天前說的話。

——她恨我啊。

——她不想繼承家業啊……旅館……。

——我早跟她說過了，我不會回去的。她還是一直來一直來，一直來一直來……真是有夠煩人的了。

——我不想看。

——她的臉。

——都寫在她臉上啊！都是姊姊的錯，害我得當完全不想當的旅館老闆娘，要是姊姊回來，我就可以自由了……諸如此類的。

——我可不想讓人責備。

——丟掉就好。

——不用看也知道裡面寫什麼啦……旅館只有我一個人照顧，實在太辛苦了，妳快點回來吧，工作內容現在開始學也不遲……之類的。

這些全部都是平井說的話。

原來，妹妹並不恨她，也不是不想繼承家業。久美從不放棄說服平井，是因為她有夢想。她並不是想要自由，也沒有要責怪平井。

久美的夢想，從以前就是要跟平井一起經營旅館。

她並沒有改變。聽見平井說要回老家，喜極而泣的妹妹跟以前一樣，毫無改變。一心愛慕姊姊，不管被拒絕多少次都不放棄，繼續來勸說的妹妹。就算雙親跟平井斷絕了關係，她一個人還是相信平井會回家。從小時候一直跟在她身邊，姊姊長、姊姊短地叫著，可愛的妹妹。

現在的平井，覺得妹妹從來沒有這麼貼心可愛過。

然而，這個妹妹已經不在人世了。

平井後悔萬分。不想她死！不希望她死！

「……久、久美，」

平井用像是不小心洩漏出來的小小聲音叫著久美的名字。就算知道是無謂的努力，還是想阻止妹妹的死，但是……

「我去一下，洗手間……」

然而，久美好像沒有聽到平井的聲音。

「得去補一下妝……」

她說著站起身，背對平井走向洗手間。

「久美！」

平井不由得叫起來。

「！」

久美聽見平井突然大聲叫她，吃了一驚。

「……什麼事？」

久美困惑地回答。平井不知道該說什麼。

要說什麼才好？說了也不會改變現實。絕對不會。

「唔，沒事。」

沒事才怪。不要走！不要死！對不起！是我不好！要是妳不來找我，就不會死了！

想說的事，想道的歉實在太多了。任性離家出走，把旅館和雙親都丟給妹妹，被迫當上小老闆娘，這個責任有多沈重，平井完全沒替她想過；百忙之中究竟是抱著怎樣的心情來找她，她也完全不想知道。

我分明是姊姊，卻讓妳吃了那麼多苦了。對不起，但是她什麼也說不出口。她完全不了解妹妹，也不知道該說什麼，不知道自己想說什麼。

久美的表情很溫柔，她雖然說了沒事，久美仍舊在等她說下去。平井想說什麼，久美完全明白。

——長久以來，我一直這麼殘酷地對待妳，妳怎麼還對我這麼溫柔。這個孩子一直、一直都在等我。她想跟我一起經營旅館。她不肯放棄……。但是我卻……

平井的心意在漫長的沈默和遲疑不決之後，變成了兩個字。

「謝謝……」

這兩個字裡包含了多少思緒？她不知道是否能傳達，但這兩個字是平井所能表達的一切。

久美有點驚訝。

「果然姊姊今天有點奇怪呢——」

她立刻微笑著說。

「或許吧。」

平井說。她鼓起最後的勇氣，露出今天最燦爛的笑容。

久美愉快地聳聳肩，轉過身，走向洗手間。

「（久美！）」

久美越走越遠。淚水從眼中滾落，平井已經無法止住眼淚了，但是她還是眼睛一下都沒眨。平井一直望著久美的背影，直到看不見為止。

久美的身影一消失，平井就垂下頭，眼淚滴滴答答地落在桌上。

平井想打心底痛哭出聲，但是她不能發出聲音，久美會聽見。她雙肩顫抖，忍住不叫出久美的名字，用手掩住嘴無聲地哭泣。

剛才在廚房裡的計走出來，看見平井異於往常的樣子十分擔心

「平井小姐？」計叫道。

嗶嗶嗶嗶……

咖啡杯中突然發出聲音，這是咖啡冷卻之前的警鈴響了。

「……那個警鈴，」

計一聽到聲音就明白了，因為警鈴是在跟故人見面時使用的，平井來見名叫久美的妹妹。

也就是說，她妹妹已經……

久美走進洗手間之後，計望著平井。

「難不成……」

她遲疑地說。平井望向一直看著這邊的計，只悲哀地點點頭。

「平井小姐……」

計有點困惑。

「我知道。」

平井拿起咖啡杯。

「不喝不行，對吧？」

計什麼都沒有說，她說不出話來。

「……」

平井拿著咖啡杯，發出既不是嘆息也不是感慨的聲音，而是打從心底發出的悲傷。

「我還想，再見那孩子一面，但要是見到了，我就回不去了……」

平井用震顫的雙手捧著杯子湊到嘴邊，不喝不行。她的眼淚又滴滴答答地落下，心中思緒萬千。

事情為什麼會變成這樣？為什麼妹妹非死不可？為什麼我沒早點說要回老家去？

杯子就停在唇邊。然後，終於……

「不行，喝不下去……」

平井放下杯子，全身無力。自己在做什麼，為什麼到這裡來，已經搞不清楚了。

她只知道原來自己這麼愛妹妹，原來妹妹這麼重要，以及妹妹竟然已經死了的事實。

「……」

把咖啡喝下去，就再也見不到妹妹了。好不容易看見她的笑臉，卻再也見不到了。

平井知道自己絕對沒辦法一面看著久美的臉，一面把咖啡喝完。

「平井小姐！」

「我喝不下去！」

計非常能體會平井的心情，她悲痛地咬住嘴唇。

「妳答應了吧……」

計用顫抖的聲音一字一字地說。

「答應了令妹……」

「……」

「說要回家。」

平井閉上的眼瞼裡浮現了久美快樂的笑臉。

「一起經營旅館。」

想像中的久美還活著，跟平井一起愉快地經營旅館。

「……」

早上響起的手機鈴聲在腦中迴盪。

「但是，那孩子已經……」

像睡著了一樣靜靜躺著的久美浮現在眼前。

那孩子，已經不在了。

回到現實又能怎樣呢？平井已經完全想不出任何回到現實的理由。

計也在哭，但是平井從來沒聽過她的聲音如此堅定。

「就因為這樣……就因為這樣，所以要回去。」

就因為這樣？

「令妹會難過吧？妳跟她說要回去只是隨口說說，她會難過的吧？」

一點沒錯，答應久美要跟她一起經營旅館的約定。我說了要回去，從沒見過久美那麼高興的笑容。不能讓那個笑容消失，再也不讓久美悲傷了。不回去不行，要回到現實；不回去不行，要回家。就算久美已經不在了，還是要遵守跟活著的久美的約定，不能讓那個笑容消失……

平井拿起杯子，但是……

還想再見久美一面。這是她最後的遲疑。

「……」

若見到久美的話，一定喝不下去，回不去了。這點平井自己非常清楚。

只不過是把咖啡喝完而已，但不知怎地，杯子跟嘴的距離卻一直無法縮短。

喀喳——。

洗手間門打開的細微聲音傳來。洗手間的門跟咖啡店入口一樣，出入的人一時之間不會立刻被店裡的人看見。

平井就在聽到那聲音的瞬間，一口氣把咖啡喝完。已經不能再遲疑不決了，錯過這個時機，就沒有機會把咖啡喝完。這不是理智的決定，而是全身的直覺這麼告訴平井。

喝完咖啡的瞬間，那種熱氣般的感覺就回來了。全身被熱氣包圍，這樣平井就再也見不到久美了。沒辦法了。

就在她這麼想著的時候，久美從洗手間走出來。

——久美！

平井的意識在搖曳的熱氣中，依然留在當場。

「咦？姊姊呢？」

久美回來了，但是她已經看不到平井了，她望著平井的座位四周。

——久美！

平井的聲音已經傳不到她耳中。

久美不知所措，轉向櫃臺後背對著她的計。

「……對不起，妳知道我姊姊上哪去了嗎？」她問道。

計轉過身，對久美笑道。

「好像有急事先走啦。」

聽到計的話，久美臉色一暗。她當然會有這種反應，好不容易見到面的姊姊突然不見了；才說要回家，這次會面也太短暫，她會不安也無可厚非。久美沮喪地垂下肩膀。

「沒問題的。令姊說絕對會遵守跟妳的約定。」

計看見她這個樣子，說道。接著朝著變成熱氣的平井眨了眨眼。

——計……謝謝……

計的應對讓平井流下感激的淚水。

「……這樣啊。」

久美沈默了一會兒，微笑起來說道。

「那我就回去了……」

她禮貌地低頭致意，踏著輕快的腳步走出咖啡店。

——久美！

平井在晃動的意識中看得很清楚，久美聽到她會遵守約定時幸福的笑容。

平井眼前的景色像快轉的電影一樣從上往下流動。

平井哭了起來，一直哭泣。

☕

回過神來時，洋裝女子已經從洗手間回來，站在平井面前。

數在這裡、流在這裡、高竹跟計也都在，平井回到現實——久美已經不在的現實。

洋裝女子看見平井哭腫的雙眼毫無反應。

「走開。」

她只不滿地說。

「喔，好……」

平井回道，慌忙站起來。

洋裝女子靜靜在位子上坐下，把平井喝過的咖啡杯往前一推，若無其事地繼續看小說。

平井努力擦拭涕泗縱橫的臉，深呼吸了一下。

「可能沒有我的容身之地……」

「……」

「我可能完全幫不上忙……」

她說著，凝視手裡久美最後的信。

「……但我就這樣回去，」

「……」

「應該沒問題吧？」

她打算現在立刻回家，將自己的店和所有一切就此拋下。不愧是平井，不會有任何牽掛遺憾，她的臉上毫無迷惘。

「沒問題的。」

計用力點頭，她精神飽滿地說。她沒問平井的經歷，也不需要問

平井從錢包裡拿出三百八十圓咖啡錢，放在流手上，輕快地走出店裡。

喀啦哐噹。

「真是太好了。」

計目送平井離開，一面輕輕撫摸腹部一面說。

流把平井給的咖啡錢放進收銀機裡，有點不可思議地望著計的模樣。

——她到底肯不肯放棄呢……

流的表情悶悶不樂，牛鈴的餘韻仍在店中迴盪。

喀啦……哐噹……

第四話 【母女】

俳句的晚蟬是代表秋天的用語。

說到晚蟬，大家的印象是在夏末鳴叫的蟬，但其實跟其他的蟬一樣，從初夏就開始叫了。

不知怎地，油蟬和知了的叫聲讓人聯想到日正當中和盛夏的猛暑，晚蟬的叫聲卻讓人想到傍晚和夏末。

每當日落西山薄暮時分，聽見唧唧唧唧的蟬聲，總會心生愁緒，加快回家的腳步。

都市裡很難得聽見這種晚蟬，因為這種蟬跟油蟬和知了不一樣，喜歡樹林之類就算白天也很難照到陽光的陰暗之處。

但是，這家咖啡店附近有一隻晚蟬，只要太陽開始西下，就不知從哪裡傳來唧唧唧唧的聲音。那種如夢似幻、虛無飄渺的聲音。

一個八月的午後，地上油蟬跟知了爭相鳴叫，氣象局報導這是今年最熱的一天。

在夏天沒有冷氣也很涼爽的店裡，數唸出平井傳給流的簡訊。

——回老家兩星期，有太多根本記不住的事情，每天都想哭啊。

「哎喲哎喲……」

聽眾是高竹跟流。簡訊每次都傳到流的手機，因為數和計都沒有手機。數不喜歡和別人往來，覺得手機這種東西很麻煩；而計則說「手機夫妻共用一個就好」，結婚時就把自己的解約了。

相對之下，平井一人有三支手機分開使用，客用、私用、家人用。家人用的手機以往只有老家跟妹妹久美的號碼，但現在家人用的手機追加了新的號碼，就是這家咖啡店和流的。話雖如此，並沒人知道平井把這兩個號碼加入家人用的手機。

數繼續唸著簡訊——

……我跟爸媽仍然有點摩擦，但我還是覺得回家真好。因為，要是那孩子的死讓我跟爸媽不幸的話，那豈不是等於她是為了讓我們不幸才出

生，然後再死掉的嗎？所以活著的我，從今以後非得創造出「那孩子出生的意義」！我可是很認真的思考呢！總之，我過得很好。有機會的話，請一定來玩喔。今年已經結束了，但我很推薦七夕祭典的時候來。請跟大家問好。平井八繪子……就這樣。

雙手抱胸站在廚房門口傾聽的流，眼睛變得更細了，他大概是在微笑吧，從旁邊看去無法判斷。

「太好了。」

高竹說道。她愉快地微笑，身上還穿著工作時的護士服，應該是趁休息時間過來的。

「這個。」

數把跟簡訊一起傳來的照片給坐在櫃臺的高竹看，高竹把手機取過細看。

「……啊，真的耶，看起來就像旅館老闆娘。」

她有點驚訝地說。

「是吧。」

數微笑回道。

照片中的平井把頭髮梳起來，穿著「寶藏」老闆娘標誌的淺粉紅和服站在旅館前面。

「看起來好幸福。」

「就是。」

毫不迷惘的滿面笑容。她說跟雙親還是有摩擦，但父親保生和母親路子也一起入鏡了。

「妹妹一定也……」

流從後面看著照片輕聲說。

「很高興吧。」

「就是。」

高竹看著照片回答。

旁邊的數也微微點頭，她臉上的表情跟舉行回到過去儀式時的冷漠完全不同，親切而溫柔。

「……對了。」

高竹把手機還給數，轉頭望著洋裝女子的位置，帶著訝異的表情。

「那傢伙在幹什麼啊？」

她並不是訝異地望著洋裝女子，而是盯著坐在洋裝女子對面的清川二美子。

二美子今年春天的時候在這家咖啡店回到了過去。她平常就像是海報裡走出來的職業女強人，但今天應該是休假吧，穿著七分黑T恤和白色緊身褲、腳蹬細帶涼鞋，打扮非常休閒。

二美子對平井傳來的簡訊毫無興趣，只盯著洋裝女子的面孔瞧，大家都不知道她要做什麼。

「誰曉得。」

對高竹的疑問數也只能如此回答。

二美子從今年春天以來，就不時光顧這家咖啡店，每次來都會坐在洋裝女子對面。

「不好意思……」

二美子突然對數喊道。

「什麼？」

「我有點在意。」

「什麼事呢？」

「如果可以時間旅行的話……就表示也能去未來囉？」

「未來？」

「對，未來。」

聽到二美子的話，高竹充滿興趣地探出身子。

「啊，那我也想知道。」

「是吧？回到過去，或是前往未來，都是時間旅行，不是嗎？這樣的話，我就覺得可能啦……」

二美子繼續說道。高竹點點頭。

「所以到底怎樣？」

她既期待又好奇地望向數。

「可以喔。」

數只簡單地回道。

「真的？」

二美子興奮地站起來，撞到了桌子，洋裝女子的咖啡濺了出來，她的眉毛抽動了一下。二美子慌忙用紙巾擦拭濺出的咖啡，她可不想被詛咒。

高竹「哎——」地感嘆叫出聲。

「但沒有人去。」

數看著她們倆的反應，冷靜地補充說明。

「咦？」

二美子聽到這句話吃了一驚。

「為什麼？」

她驚訝地問數。要是能去未來的話，不可能只有自己想去吧，她好像想這麼說。當然高竹也想知道理由，雙眼圓睜地望著數。

數對流使個眼色，開始跟二美子解釋。

「這樣的話……要去未來，是幾年以後呢？」

這個問題雖然很突然，但二美子老早就已經想過了。不如說，正等著人家詢問她。

「三年後！」

她立刻回答，臉有點紅。

「要跟他見面？」

數冷靜地詢問。

「嗯，是啦。」

二美子抬起下巴回道，好像想說：「怎樣，不行嗎？」只不過她的臉愈發紅了。

「用不著害羞吧。」

流取笑著她。

「我才沒害羞呢！」

她反駁，但已經太遲了。流和高竹相視而笑。

「……」

數沒有取笑她，跟往常一樣冷靜地望著二美子。

二美子好像在看數的臉色。

「不行嗎？」她小聲說。

「並不是不行……不是不行啦。但是，」數繼續說道。

「但是？」

「三年以後，不知道他會不會到這家咖啡店來？」

「……」

「您明白嗎？」

數對搞不清問題含意的二美子，咄咄逼人問道。

「……啊。」

二美子明白了。確實，就算現在能去到三年後，也不能保證五郎會來這家咖啡店。

「就是這樣。」

「……」

「過去發生的事情是已經發生過的事實，所以可以針對某個瞬間回去。但是……」

「未來沒人知道。」

高竹拍了一下手，好像猜謎遊戲的參加者一樣回答。

「是的。可以回到想去的那一天，但想見的人會不會在那裡沒人知道。」

在此之前，應該也有過同樣想法的客人。

流用習以為常的腔調補充說明。

「除非是運氣特別好，否則在咖啡冷掉之前短短的未來幾分鐘內，能見到想見的人機率應該很低吧？」

流的瞇瞇眼好像是在跟二美子說：妳明白我想說什麼吧？

「去了也是白費功夫……」

二美子恍然大悟地喃喃說道。

「就是這樣。」

「原來如此。」

二美子還來不及為自己淺薄的企圖感到慚愧，就先感嘆這家咖啡店的規矩真是無懈可擊，她完全沒有想跟數辯論的樣子。

只不過她雖然沒有說出口——回到過去不能改變現實，前往未來也白費功夫。太完美了，怪不得報導都市傳說的雜誌寫說「沒有意義」——心裡卻不禁這麼想。但現在不是感嘆這種事的時候。

「怎麼，想確定你們是不是結婚了嗎？」

流瞇起細線一樣的眼睛，取笑著二美子。

「才不是呢！」

「被我說中啦？」

「就說不是啦！」

二美子死命否認只是自掘墳墓。

而且很遺憾地，二美子無法前往未來。

這也是麻煩的規矩之一——只要坐在那個位子上，進行過一次時間旅行，就不能再到過去或未來，機會只有一次。

但是，現在不要說明這個規矩可能比較好……。數望著繼續愉快談笑的二美子，心裡想道。

這並不是為二美子著想，只是因為二美子知道了一定會非常失望，並且會立刻繼續提出各種質問。

麻煩死了。她一定這麼覺得。

喀啦哐噹。

「歡迎光臨。」

進來的是房木。他穿著深藍色的馬球衫，米色短褲和皮涼鞋，他放下肩上的包包。外面是今年最熱的猛暑，他手裡拿著的不是手帕，而用白色毛巾一面拭汗，一面走了進來。

「房木先生。」

流直接叫他。房木聽見他叫自己的名字吃了一驚，但立刻微微頷首，在離入口最近的桌位坐下。

高竹把手背在背後，靜靜走到房木旁邊。

「老公。」

高竹微笑著跟房木說話，她不像以前一樣叫他房木先生了。

「您是哪位？」

「我是你太太。」

「太太？我的？」

「對。」

「開玩笑吧？」

「是真的。」

高竹毫不遲疑地在房木對面坐下。房木對陌生女人這麼親暱的態度感到困惑，滿臉不知所措。

「啊，可以不要隨便併桌嗎？」

「沒有關係吧？我們是夫婦啊。」

「有關係吧。我不認識妳啊。」

房木訝異地瞪著眼前的女人，但高竹只默默微笑。無計可施的房木只好跟端著冷水來的數求助。

「這……這個人……能想點辦法嗎？」

從旁看來是溫馨的光景，但房木臉上只有困惑的表情。

「他好像真的很困擾啊。」

數雖然覺得這很溫馨，但不知不覺還是站在房木這一邊。

「是嗎？」

「今天就差不多這樣，不要再逼他了吧？」

流也在櫃臺後面替房木說話。

這對夫妻偶爾會在這裡進行這種對話，但高竹說是他太太時，房木並不是每次都否認，有時候會不可思議地說：「原來如此啊？」然後就接受了。前天，房木就跟坐在對面的高竹愉快地閒聊。

「沒辦法，那就回去之後再繼續吧。」

高竹說著站了起來，回到原來坐的櫃臺座位，她好像也掌握了適可而止的時機。

「好像很幸福啊。」流說。

「還好啦——」

她愉快地回答。房木在涼快的店裡仍用毛巾拭汗。

「咖啡。」

他說道。接著從包包裡拿出旅遊雜誌，攤在桌上開始閱讀。

「好。」

數帶著笑容回答，走進廚房。

二美子再度開始觀察洋裝女子；高竹托著面頰望著房木，房木雖然知道她在看他，仍舊繼續閱讀雜誌；流望著他們，用充滿懷舊感的手搖式磨豆機開始喀啦喀啦地磨起咖啡豆；洋裝女子照舊在看書。

計從裡面的房間走進飄著咖啡粉香味的空間裡。

流停下了磨咖啡豆的手。高竹看見計的面孔「咦？」地叫出聲來，她臉色慘白，看起來搖搖欲墜。

「妳怎麼啦？」

雖然態度不溫柔，但問話的流自己的臉色也黯淡下來。

「大嫂，今天還是休息一下……」

數從廚房裡探出頭說。

「沒事，沒事。」

計勉強擠出笑容，但仍無法掩飾狀況不好的事實。

「不舒服嗎？」

高竹一面問流，一面站起來，她想過去扶計。

「不要勉強比較好吧？」

「我真的沒事。」

計說道。她對高竹比了一個勝利手勢後，走到櫃臺後面，大家都看得出她在硬撐。

計一生下來心臟就不好，醫生說要避免激烈運動，她小學、中學和高中都從來沒像其他同學那樣參加過運動會。但是她天性隨和，不怕生又好奇心旺盛，自由奔放，是享受人生的天才。擁有平井所謂的——計有「幸福生活的才能」。

既然不能劇烈運動，那就不要劇烈運動就好了。她是這麼想的。

運動會的賽跑，計坐在輪椅上讓男生推著她跑，每次都最後一名，但她跟推她的男生每次都真的很不甘心；跳舞的話，她的舞步跟大家都不一樣，自己一人慢慢地動作，這種行為平常會干擾團體活動，但很不可思議的是沒有人覺得反感，大家都支持她。計就是有這種魅力。

但是計的心臟常常違反她的意志和性格，不時出問題。雖然時間不長，但她不得不中斷學生生活，反覆入院。

她跟流是在醫院認識的，當時計十七歲，正值高中二年級。住院臥床的計唯一的樂趣就是跟來探病的人，以及同病房的病人和護士小姐聊天，不然就是眺望窗外的景色。

有一天，她自己望著窗外，看見外面庭院有一個全身包著繃帶的男人。計無法轉移視線，因為他不只全身纏著繃帶，身材還比任何人都高大。走在男人前面、年紀大概是小學生的女孩子看起來非常矮小。別人可能覺得這樣很不得體，但計給那個纏著繃帶的男人取了個名字叫「木乃伊」，每天毫不厭倦地望著他。

她從護士那裡聽說，木乃伊男子是因為車禍住院的。他在路口過馬路的時候，碰到小客車和卡車擦撞的事故。幸好他沒有直接遭受撞擊，但他被卡車側面掃到，飛到二十公尺外商店的玻璃櫥窗裡，而跟卡車擦撞的小客車沒事，卡車橫倒在人行道上。除了他之外沒有人受到牽連，但這還是一起嚴重車禍。

要是平常人的話可能當場死亡，然而，那個高大的男人若無其事地站起來，不，並非若無其事，他渾身是血，但他還是蹣跚走向橫倒的卡車，詢問車裡的駕駛：「你沒事嗎？」卡車油箱破裂汽油漏出，高大的男子把昏過去的駕駛拉出來，輕鬆地扛在肩膀上，對周圍看熱鬧的人說：「快叫救護車。」男子自己也被送到醫院，他渾身擦傷割傷處無數，但連骨頭都沒有斷一根。

計聽到事情的經過之後，對木乃伊男子更感興趣了，用不著多久，她就發覺自己的興趣是戀愛。這是計的初戀。

有一天，計在一時衝動之下去找了木乃伊男子。走到面前的計發現他比想像中更加高大，簡直像是一堵牆，但是計毫不猶豫，她雙眼發光地告白。

「請讓我當你的新娘。」

她既不遲疑也不害羞，直勾勾地盯著木乃伊男子說。這是他們兩人說的第一句話。

木乃伊男子默默低頭望著她。

「妳得在咖啡店工作。」

他只說了這一句話，算是回答了。

在那之後，他們交往了三年。在計二十歲，流二十三歲的時候兩人登記結婚，正式成為夫妻。

計走到櫃臺後面，開始擦拭洗好的碗盤，放回櫃子裡。廚房傳來虹吸壺咕嘟咕嘟的聲音。

高竹擔心地望著計，數再度走進廚房，流又開始磨咖啡豆。

不知怎地，沒人注意到洋裝女子一直凝望著計。

「啊！」

高竹叫出聲時，玻璃碎裂的聲音也同時響起。

杯子從計手中滑落了。

「大嫂！」

平常冷靜自持的數驚慌地衝出來。

「對不起。」

計想撿玻璃碎片。

「啊，我來就好……」

數阻止蹲下來的計。

「……」

流只一言不發默默地看著。

高竹第一次看見計狀況這麼差。高竹是護士，見慣了生病的人，但看見友人身體不好還是會心情動搖，臉色發青。

「計。」

她擔心地說。

「妳還好嗎？」

連二美子也說。當然房木也關心地抬起頭。

「對不起。」

「去一下醫院比較好吧?」

高竹如此建議。

「啊,真的沒事啦……」

「但是……」

計頑固地搖頭,但是她雙肩聳動,呼吸費力,應該比料想中還要難受。

「……」

流仍舊一言不發,只滿臉不悅地望著計。計嘆了一口氣。

「那我還是去休息一下好了。」

她說完,便搖搖晃晃地走向裡面的房間。計知道當流出現這種表情的時候,就是真的非常擔心她。

「店裡就拜託了。」

流說道。跟在計後面也走進裡頭的房間。

「啊，嗯……」

數回道。但顯然心思完全不在這上面。

「咖啡。」

「啊，對不起。」

房木顧慮當場的氣氛，害羞地催促她。大家都被計分了神，房木的咖啡還沒上呢。

那天，就在沈重的氣氛中度過。

☕

自從知道懷孕開始，計一有空就會跟腹中的孩子說話。懷孕四周其實還不能稱得上是孩子，但是對計來說，這並不是重點。

每天早上她都從「早安」開始，然後說明一天要做的事。

她叫流「爸爸」。而她和腹中孩子說話的時間，是這輩子最幸福的時刻。

「看得見嗎？這個人是你爸爸。」

「我爸爸？」

「對。」

「好大喔。」

「對，但他大的不止是身材喔。他的心胸也很寬大，非常溫柔，是靠得住的爸爸。」

「好期待喔。」

「爸爸跟媽媽也非常期待見到你喔。」

對話大概都是這種感覺。當然，說是對話，其實是計一人扮演兩角。

但是計的身體狀況越來越差，懷孕到五週，子宮中形成一個叫做胎囊的小袋，裡面有一到兩公分已經有心跳的「胎芽」（發育尚未完成的胎兒）。從這個時候開始，身體的器官會開始迅速形成，眼睛、耳朵、嘴巴、臉的形狀、胃、腸、肺臟、胰臟、腦神經、大動脈等等，以及稍後會成為手足的突起也會出現。

身體為了生下孩子而做的各種準備，確實削弱了計的體力。

而且她出現了全身發熱類似發燒的症狀，形成胎盤分泌的賀爾蒙讓她覺得疲累嗜睡、精神不安定，一點小事就發怒或沮喪，這個時期味覺也會改變。

計從來沒說過「好難受」、「好痛苦」之類的話，她從小就常常住院，不會因為身體不舒服就出聲抱怨。

計的身體狀況就在這幾天迅速惡化。

兩天前，流去跟計的主治醫師商量，關於計懷孕的事。

「老實說，尊夫人的心臟應該承受不住生產過程。懷孕六星期開始就會害喜，要是嚴重的話，不住院不行。如果尊夫人決定生下來，母子均安的可能性極低。就算順利生產，對母體的影響也無法預期，一定要有會縮短壽命的心理準備。」

主治醫生這麼說。這是他的意見，更有甚者。

「通常人工流產的時機是六週到十二週之間，以尊夫人的情形來看，越早做越好，以免到時太遲了……」

流回家之後毫無保留地跟計說了，計微微點頭。

「我知道了……」

她只這麼回答。

☕

咖啡店關門之後，流一個人坐在櫃臺位子上。照明只有壁燈，櫃臺上有好幾隻用紙巾折的紙鶴，店裡僅聽聞落地鐘鐘擺晃盪的聲音，以及只有流的手在動作。

喀啦哐噹。

牛鈴響起，流完全沒有反應，只把剛剛折好的紙鶴放在桌子上。

過了一會兒，高竹進來了，她擔心計，下班後又繞過來。

「……」

流仍舊望著紙鶴，微微低下頭。高竹站在入口處。

「計的情況怎樣？」

她問。高竹很早就知道計懷孕，但沒想到這麼快身體就惡化，她擔心的表情至今仍舊沒有改變。

「……就撐著。」

流沒有立刻回答，伸手拿了一張紙巾，這麼說道。

高竹在和流隔了一個位子的櫃臺座位坐下。

「……」

流搔著鼻頭，他瞥向高竹，微微低下頭。

「對不起，讓妳擔心了……」

「沒什麼。倒是不帶她去醫院真的可以嗎？」

「她下了決心就不聽人勸……」

「可是……」

「……」

流停下了摺紙鶴的手，但是視線仍停留在紙鶴上。

「我反對過。」

他用微弱的聲音咕噥道。在安靜的店裡，高竹搞不好還是能聽見。

「但是，她說一定要生……」

流說著對高竹露出笑容，然後低下頭。

流雖然說「我反對過」，但他不可能堅決反對的，他說不出「不要生」，或是「希望妳生」。計的性命還是腹中孩子的性命，無論哪一邊他都無法做出選擇。

高竹不知該如何回答，她望著天花板上緩慢旋轉的吊扇。

「真難受啊。」她喃喃道。

過了一會兒，數從裡面的房間走出來。

「數……」

高竹輕聲叫道。但數只垂著眼瞼，視線望向流，她臉上不是往常冷靜的表情，而是有點微微的悲愴。

「她怎樣了？」

流問道。數只默默地望著裡面的房間，計從她視線的另一端慢慢走了出來，臉色蒼白，腳步不穩，但比起白天已經好多了。

她站在櫃臺後，跟流正面相對。

「……」

計凝視著流，流卻不看著計，只看著排在桌面上的紙鶴。流和計都沈默不語，時間沈重地流逝。高竹也無法動彈。

數突然走進廚房，開始泡起咖啡。她把過濾器裝進漏斗裡，把熱水倒進玻璃虹吸壺。店裡很安靜，就算看不見她的身影，也可以輕易想像出她在做什麼。過了一會兒，玻璃虹吸壺裡的水沸騰了，可以聽見水咕嘟咕嘟上昇到漏斗裡的聲音，沒過幾分鐘，店裡就充滿了咖啡的香氣。

流彷彿被香味吸引般抬起頭。就在此時——

「……對不起。」

「……什麼對不起？」

計小聲地說。

流仍舊望著紙鶴。

「明天去醫院。」

「……」

「我會住院的。」

計的每一句話都像是說給自己聽一般。

「老實說，我總覺得要是住院了，就好像沒法再回到這裡來。所以總是，沒法下定決心……」

「……這樣啊。」

流緊緊握住拳頭。

「但是，已經差不多到極限了……」

計抬起下巴，大大的眼睛望著上方，好像快要哭出來了。

「……」

流仍舊默默地聽著。

「我的身體，已經到極限了……」

計把手放在根本還沒有變大的腹部上。

「接下來好像只能專心把這孩子生下來……」

她露出遺憾的苦笑說道，果然自己的身體自己最清楚。

「所以……」

她決定去醫院了。

「我知道了。」

流用細細的眼睛望著計，他只這麼回答。

「計……」

高竹第一次看見計如此動搖。她是護士，非常明白本來就有心臟病的計要生小孩是多麼辛苦危險的事。光是開始害喜就這麼衰弱，就算決定不生，也不會有人責備她。但是計仍然要生。

「可是，好可怕啊……」

計用顫抖的聲音喃喃道。

「這個孩子，會幸福嗎？」

計把手放在肚子上。

「不會寂寞嗎？不會哭嗎？」

計又開始跟肚子裡的孩子說話。

「我只能把你生下來而已，你能原諒我嗎？」

計側耳傾聽，但肚子裡的孩子沒有回答。

「……」

計臉上流下一行清淚。

「我好害怕啊……不能陪在這孩子身邊，我好害怕……」

計直直凝視著流的眼睛。

「我該怎麼辦才好？我希望這孩子能幸福……只是這樣而已，但卻這麼害怕……」她說。

「……」

流沒有回答，只是望著櫃臺上的紙鶴。

啪答——。

洋裝女子把書闔上，並不是看完了，小說裡夾著繫有紅色緞帶的純白書籤。計聽到那個聲音，不由自主地望向洋裝女子，洋裝女子也凝視著計。

「……」

洋裝女子盯著計，然後慢慢地眨了一下眼睛，緩緩站起身來。不知道她眨眼是什麼意思，洋裝女子就這樣沒有發出任何聲音，如若無事地走過流背後，走過高竹旁邊，像被洗手間吸收了一樣走了進去。

那個位子空出來了。

「……」

計搖搖晃晃地往前走，走到能回到過去的位子前面，盯著那個位子看。

「數……幫我泡咖啡好嗎？」

她用幾乎聽不到的聲音說。

「……」

數從廚房探出頭來，她不明白計為什麼站在那個位子前面。

「喂……難道妳要……」

流對著計的背說道。

數發現洋裝女子不在位子上，想起白天的事。

清川二美子問：「是不是能去未來？」二美子的目的很明確，她想確定自己在三年後是不是跟從美國回來的五郎結了婚。數回答「能去」，但也說了「沒有人去」。

確實可以前往未來，但去未來能不能見到想見的對象，完全是未知數，因為未來會發生什麼事沒人知道。

當然還有咖啡不能冷掉的時間限制，因此能見到想見的人的機率幾近於零。「去了也是白費功夫」，所以沒有人要去未來。

計打算去未來看看。

「只要看一眼就好。」

「等一下……。」

「只要看一眼就可以了……」

「所以妳要去未來？」

流很難得地提高了聲音。

「但是……」

「不知道能不能見到啊？」

「……」

「見不到不就沒意義了嗎？」

「是這樣沒錯……」

「……」

計哀求地望著流的眼睛。

「不行。」

流對著計的背如此說完，便沈默下來。

這是流第一次如此明確地阻止計的行動，以前從沒有這樣過。最尊重計一旦「下了決心就不聽人勸」這樣個性的人就是流，連計選擇對身體傷害的「生產」他都沒有強烈反對。但現在流反對了。

就算能前往未來，不只可能見不到面，萬一要是發現未來自己的孩子並不存在，那麼，現在支持計「活下去的力量」都可能就此消失。流最反對的理由就是這一點。

「……」

計在那個位子前面垂下了頭，她無法放棄想前往未來的念頭，完全沒有要離開那個位子的樣子。

「幾年以後……？」

數凝視著計的眼睛，微微頷首。

「數！」

流用力大叫。但數毫無反應，平靜地笑著。

「我會記住的。那天一定能見到面……」

「數。」

數的意思是她會記住現在計說的未來時刻，並在幾年後的那個時間，讓出生的孩子來到這家咖啡。她許下了承諾。

「所以，妳放心吧。」

計也凝視著數的眼睛，微微點頭。

數覺得這幾天計的狀況很不好，不只是因為懷孕身體狀況改變而已，覺得精神方面的衰弱影響也很大。

計並不是害怕死亡，只是因為自己身為人母，無法守護孩子成長而感到不安與悲傷。她的不安和悲傷侵蝕了心靈，而心靈的傷害剝奪了體力，體力低下讓她更為不安。所謂「病由心生」，再這樣下去的話，在生產之前她只會越來越衰弱，可能母子都性命不保。數是這麼想的。

計的眼睛亮了起來。

——**可以見到我的孩子了**。

這是渺小的，真的很渺小的希望。

計把頭轉向坐在櫃臺位子的流，骨碌碌的大眼睛盯著他不放。

「……」

流沈默了一會兒，然後嘆了一口氣，把臉別到旁邊。

「隨便妳……」

他自暴自棄地說道，轉身背對計。

「謝謝……」

計望著流的背部喃喃說道。

「……」

數等計把身體滑進桌位和椅子之間，然後拿著洋裝女子使用過的杯子走進廚房。

計深呼吸慢慢坐下，閉上眼睛。高竹雙手交握，像是在祈求好運。流則默默地望著眼前的紙鶴。

這麼說來，數違逆流的意思依照自己心思行事，計還是第一次看見。

數除了在這家咖啡店之外，幾乎不跟初次見面的人說話。她雖然在上美術大學，但計沒有見過她跟像是朋友的人在一起過。她總是一個人，從學校回來就是在店裡幫忙，結束後就待在房間裡畫畫。

數的畫是用鉛筆寫生，跟實物照片一樣真實的超寫實主義畫風。但一定要親眼看見的景物才畫得出來，也就是說，不畫想像或架空的事物。

人類對於看到、聽到的一切並非原封不動的照單全收。人的經驗、思考、處境、幻想、喜好、知識、認知和其他各種感性，全都一齊運作並重新詮釋聽到、看到的事物。著名的畫家巴勃羅・畢卡索八歲時描繪的男性裸體舞者非常精彩，十四歲畫的天主教聖餐儀式就是傳統的寫實主義；在那之後，因為朋友自殺的衝擊，他進入了以深藍色為基調的「藍色時期」；有了新的戀人，以鮮豔色彩作畫的「玫瑰時期」；受到非洲雕塑影響之後的立體主義、新古典主義、超現實主義，然後進入了有名的《哭泣的女人》和《格爾尼卡》的時期。這些都是畢卡索透過名為畢卡索的濾鏡投射出來的結果。

在此之前，數從來沒有反對或否定過他人的意見和行動。這是因為數的濾鏡並不包含自己的感情，不管發生什麼事，都保持一個不會影響到自己的距離。這就是數的立場，是她的生活方式。

這一點，不管對象是誰都不會改變。對回到過去的客人冷淡的態度，其實是在說：「回到過去不管發生什麼，都不干我的事。」

但是這次不一樣，數許下了承諾，她推了要前往未來的計一把。數的行動直接影響了計的未來。

計覺得數這種超乎常軌的行動或許有某種根據，但她完全看不出來根據在哪裡。

「大嫂。」

計聽到數的聲音，睜開眼睛，數就站在桌邊，手上的銀托盤上放著純白的咖啡杯和銀咖啡壺。

「沒問題嗎？」

「沒問題。」

計坐直身子，數靜靜地把咖啡杯放在計面前。

——幾年後？

數把頭傾向一邊，無聲地問道。

計稍微想了一下。

「那就十年後的八月二十七號……」

數聽到這個日期，微微露出笑容。

「我知道了」

她輕聲回答。

八月二十七號是計的生日。這樣的話，數跟流都不會忘記吧。

「時間呢？」

數繼續問。

「下午三點。」

計立刻回答。

「十年後的八月二十七號，下午三點……」

「拜託了……」

計對數微笑。數微微點頭，拿起銀咖啡壺。

「那就……」

數像平常那樣鄭重地說。

「我去去就回來。」

計轉向流清澈的聲音毫不遲疑。

「嗯。」

流仍舊背對著她，他只這麼應道。

數望著他們倆一來一往，銀咖啡壺停在咖啡杯上方。

「那就，在咖啡冷掉之前……」

她輕聲說。這句話在安靜的店內迴盪，連計都感覺到空氣緊張了起來。

數開始往杯裡注入咖啡。咖啡從細細的壺口裡像一條黑線般無聲地注入杯裡，慢慢地倒滿。

計並沒望著咖啡杯，反而一直注視數。

咖啡倒完，數注意到計的視線，溫柔地微微一笑，好像是在說「一定見得到的」。

熱氣從咖啡杯上緩緩升起，計覺得自己的身體開始像熱氣般搖曳晃蕩，身體好像突然變輕了，周圍的景象開始從上往下移動。

要是平常的計，八成會跟到遊樂場玩遊樂設施的小朋友一樣，兩眼發光地看著流動的景色；但是這種不可思議的體驗，現在也無法擄獲計的心思。

不顧流的反對，這是數給她的唯一機會，她就要見到自己的小孩了。

計毫不抵抗那種搖晃暈眩的感覺，回想起小時候的事情。

計的父親松澤道則的心臟也不好，計小學三年級的時候，他在公司倒下，之後就頻繁地出入醫院，第二年，計九歲的時候，他就成了不歸之人。

計雖然生來就是天真浪漫，容易跟人親近的個性，但也多愁善感，喜怒哀樂甚為分明，父親道則的死在計的心裡投下了深深的陰影。

第一次體驗的「死亡」，計以「黑暗的箱子」來形容。只要進去了就出不來的箱子，父親被關在裡面了，無法跟任何人見面，又難受又孤單的地方。想到父親，計晚上都睡不著覺，於是計臉上也漸漸失去了笑容。

另一方面，她母親十麻子的反應卻跟計相反，始終笑容滿面，但她並不是特別樂觀。道則跟十麻子是非常普通的夫婦，十麻子在葬禮的時候也流了眼淚，但葬禮結束後，她從來沒有露出陰鬱的表情，反而比以前更常露出笑臉。

當時的計無法理解母親的笑容，她反問父親死了也不悲傷的母親。

「爸爸都不在了，為什麼還笑得出來呢？妳不難過嗎？」

十麻子很清楚計用「黑暗的箱子」來描述「死亡」這件事。

「那，爸爸在黑暗的箱子裡看見我們的話，會怎麼想呢？」她回道。

十麻子一面稱讚計懷念父親的溫柔心意，一面仔細地回答她「為什麼還笑得出來？」的疑問。

「爸爸並不是想去那個黑暗的箱子才離開我們的，他有不得不去的理由。箱子裡的爸爸要是看見妳每天都哭，心裡會怎麼想呢？一定很難過吧。因為爸爸最喜歡妳了啊。看見喜歡的人難過心裡會很難受吧？所以，要是妳能每天都笑，箱子裡的爸爸也一定可以笑的。我們的笑臉能讓爸爸也高興起來，我們的幸福能讓箱子裡的爸爸也幸福喔。」

計聽到媽媽這麼解釋，不知何時流下了眼淚。

緊緊摟住計的十麻子眼睛裡也浮現淚光，這是自從葬禮以來的第一次。

——**這次輪到我進箱子了……**

計現在才第一次理解父親道則的苦惱，她深深體會到不得不拋下家人死去的父親的悔恨。瞭解了父親的心境後，計才知道母親跟她說的話有多偉大，要是不理解父親的心意，是沒法說出那種話的。

☕

過了一會兒，周圍的景色慢慢穩定下來，熱氣變成人形，計出現了。

托數的福來到了十年後的未來，計慢慢環顧室內。

碩大的柱子，天花板上交叉的木頭橫樑，三座大落地鐘有著栗子皮般深咖啡色的光澤，牆壁是黃豆色的粗糙土牆，創業超過百年產生的朦朧污漬讓計很中意。微暗的照明把店裡染成黃褐色，讓這裡感覺不到時間，散發出懷舊的氛圍，天花板上的木製吊扇無聲地慢慢地轉動。

乍看之下，真的無法分辨是不是來到了十年以後。然而，收銀機旁邊的日曆確實顯示八月二十七日。剛剛還在一起的數、流和高竹都不在場。

櫃臺後的男人一直望著計。

「……哎？」

計看見櫃臺後面的男人，不知到底是怎麼回事，她沒見過這個男人。男人穿著白襯衫黑背心，繫著領結，梳著七分頭，看起來就是到處可見的咖啡店服務生。

看見計出現在這個位子上也不驚訝，這表示他知道這個位子的特殊性。男人沒有說話，只默默凝視著計，不干涉出現在這裡的人，也是這家咖啡店服務生的標準態度。

過了一會兒，男人開始擦拭手上的玻璃杯。男人大約三十歲後半四十歲前半，中等身材，看起來就是普通的侍者。若硬要說有什麼不同，就是不苟言笑，而且從右眉上方到右耳有燒傷的痕跡，整體氣氛感覺讓人很難親近。

「對不起，那、那個，店長呢？」

要是平常的計，不管對方是冷淡還是外表嚇人都無所謂，可以立刻像跟朋友一樣笑著聊天；但現在計感到混亂，她簡直像外國人一樣，用結結巴巴的日語對男人說道。

「……店長？」

「這家咖啡店的，店長，在嗎？」

櫃臺後的男人把擦好的杯子放進餐具櫃裡。

「就是我啊……」他回道。

「哎？」

「什麼？」

「你是，店長？」

「對。」

「這裡的？」

「對。」

「這家咖啡店的？」

「對。」

「真的？」

「嗯。」

——騙人的吧！

計的身子往後仰。櫃臺後的男人看到計這麼驚訝，便放下手上的工作走了過來。

「怎、怎麼啦？」

他說自己是店長而讓人這麼驚訝大概是第一次吧，男人顯然甚為不安，而且計本來就表情豐富，驚愕的表情讓男人更加動搖。

計在混亂的腦中拼命釐清思緒，這十年間發生了什麼事，完全想像不出來。她有很多話想問眼前的男人，但不僅腦中一團混亂，而且沒有時間，咖啡冷掉的話，特別到未來來就沒有意義了。

計打起精神，望向擔憂地看著她的男人。

——我得鎮定下來。

「那個。」

「是。」

「之前的店長呢？」

「之前的？」

「就是身材很高大，眼睛細細的……」

「啊——，流先生？」

「對！」

面前的男人認識流，計不由得傾身向前。

「流先生現在在北海道喔。」

「北海道？」

「對。」

計雙眼驚奇地閃爍，又問了一次。

「北海道？」

「對。」

「……」

計的眼睛開始骨碌碌地轉動。

——？？？？？？？

這對計而言是料想不到的發展，她認識流到現在，從來沒聽他聽過任何關於北海道的事。

「為什麼？」

「問我為什麼我也……」

男人困惑地搔著右眉上方。

「……」

計打心底感到不安，完全不知道是怎麼回事。

「啊，是這樣嗎？您是來見流先生的嗎？」

眼前的男人不認識計，問了完全不對的問題。

「……」

計連回答的力氣都沒有，整個人陰沈下來。她本來就很不擅長理性思考，一直都是憑直覺生活的，因此現在這個狀況到底為什麼會變成這樣，她完全不明白。

計腦中只想著到了未來就能見到自己的孩子。

計不知所措。

「那是要見數小姐嗎？」

男人問道

「啊！」

聽到這句話，計不由得叫起來。她太大意了，聽到這個男人自稱「店長」，她就亂了陣腳，完全忘了重要的事。跟她約好讓她到未來的是數，流在北海道完全無所謂，只要數在就沒問題。

計忍不住興奮，立刻問那個男人。

「數呢？」

「哎？」

「數！數在嗎？」

要是面前的男人站在伸手可及的距離的話，計可能就揪住了他胸口。

「！」

她的氣勢讓他吃了一驚，退後了兩三步。

「是在？還是不在？」

「哎，這個嘛……」

計咄咄逼人的攻擊讓男人抱歉地轉移視線。

「其實，數小姐也……」

「……」

「在北海道。」

男人一字一句慎重地回答。

——完了。

聽到男人的回答，計瞬間洩了氣。

「竟然連數也……」

男人看見魂不守舍的計更加擔心，小心翼翼地觀察著計的面孔。

「妳還好嗎？」

計瞥向眼前的男人，他什麼也不知道，跟他說也沒用。

「我沒事……」

她只無力地回答。

「……」

男人把頭歪向一邊，走回櫃臺後面。

計摸著肚子。

——雖然不知道原因，但兩人都在北海道的話，那麼，這孩子一定也在北海道。沒想到事情會變成這樣……

她想著，失望地垂頭喪氣。

這本來就是一場賭博，運氣好的話就見得到，只是這樣而已，這一點計也明白。要是簡單就見得到的話，大家都要到未來來了。

比方說，清川二美子要是能跟五郎約好，三年後在這裡見面的話，只要五郎遵守「來這家咖啡店」的承諾，也不是不能見到。

沒法遵守承諾的理由很多，像是開車碰上塞車、走路可能會碰到道路施工、有人問路或者迷路、也可能碰到下大雨之類的天災、睡過頭記錯約定的時間也是有可能的。總之，未來會發生什麼事沒人知道。

這麼想來流跟數在北海道，不管是為什麼，也都不是不可能發生的事。那個地點雖然讓計吃了一驚，但就算他們只是在下一個車站之處，也沒辦法在咖啡冷掉之前趕來。

就算回去之後把這裡發生的事告訴他們，兩人現在在北海道的現實也不會改變，這是計也很清楚的規矩。

運氣不好，只能這麼想了。

既然這樣就死馬當活馬醫吧。計稍微冷靜下來，她拿起咖啡喝了一口，還很溫熱。

計迅速轉換心情，這也是平井所說的「幸福生活的才能」的一種。感情起伏雖然激烈，但不會後悔。雖然不能見到面非常遺憾，但她不後悔。她挑戰了想做的事，也確實到了未來，她也不怨恨數或流。他們一定有不得已的理由，這兩人絕對是全力以赴的。

——對我而言，是幾分鐘前做的約定，這裡已經是十年後了。沒辦法，回去以後就跟他們說見到了吧。

計朝桌上的糖罐伸出手。

喀啦哐噹。

就在此時，牛鈴響了。

計正要在咖啡裡加砂糖，差一點就要跟平常一樣說「歡迎光臨」，只不過自稱店長的男人搶在她之前說了。

「歡迎光臨。」

計閉上嘴，望著入口。

「啊，妳回來了。」男人說。

「我回來了。」

進來的是一個像是中學生的少女，年齡大約十四、五歲，穿著夏天的白色無袖喇叭襯衫和牛仔短褲，繫帶涼鞋，漂亮的黑髮用紅色髮圈綁成馬尾。

——啊……是那時的……

計看見少女的臉，立刻想起來了，她就是從未來過來跟計一起拍照的少女。那時穿著冬天的衣服，頭髮也是短髮，看起來感覺有點不同，但靈活可愛的眼睛見過一次就不會忘記。

——沒想到會在這裡見面。

計嗯、嗯地用力點頭，雙手抱胸。那時的計因為有從來沒見過的人來找自己，感覺到不可思議，但既然現在在這裡見了面，那就不算什麼了。

「妳來照過相了吧？」

計不由得開口，她得意地對著站在入口處的少女說道。

然而，少女頭上冒出了問號。

「……您說什麼？」

她訝異地回答。計看見少女頭上的問號，知道自己搞錯了。

——這樣啊……

少女去找計是在這次見面之後，所以她不知道「妳來照過相了吧？」是什麼意思。

「啊，沒事，當我沒說……」

計微笑著對少女說道。少女疑惑地微微頷首，走進了裡面的房間。

——真痛快。

計撫著胸口，愉快地目送少女的背影。

這讓她非常高興，專程跑到未來，流跟數都不在，只有一個不認識的男人，就這樣一事無成地回去，未免有點寂寥。然後，一起照相的少女出現了。

計摸摸咖啡杯，再度確定咖啡的溫度。

——要在這杯咖啡冷卻前，跟她熟起來才行。

她想著覺得心緒激盪，越過十年的時間，又見面了。

那個少女走回來了。

——啊……

少女手上拿著酒紅色的圍裙。

——那是我的圍裙！

計並沒有忘記當初的目的，但無計可施的事情就不用一直懊惱了。不知何時，計的興趣已經轉向跟少女交流。

「啊，今天可以不用幫忙，客人只有那位……」

男人從廚房探出頭來，對穿上圍裙的少女說道。

然而少女沒有回答，走到櫃臺後面。

「……」

男人沒有多說，就這樣回到廚房。少女熟練地開始擦拭櫃臺。

——喂、喂！

計搖晃著身體，想讓少女注意到她，但少女一次也沒有望向計，計也毫不在意。

——她在這裡幫忙，也就是說她是那個店長的女兒囉？

她悠閒地想著。

嘟嚕嚕嚕……嘟嚕嚕嚕……

裡面房間的電話突然響了。

「來了、來了。」

計說著差一點想站起來。過了十年，電話的響聲仍舊沒變，她的身體不由自主地反應。

——好險，好險。

「不能離開座位」這個規矩並不表示臀部黏在椅子上不能離開，而是一旦離開就會強制回到現實。這個規矩不明說很難理解，但計當然很清楚。

在廚房裡的男人一面說「來了、來了」，一面走進裡面的房間。

計一面作勢擦拭額上的汗水，一面呼出一口氣，傾聽接電話的男人的聲音。

「……喂，喂……啊，您好……哎？在啊……嗯，好，那我讓她聽……」

男人從裡面的房間裡走出來。

——嗯？

男人走到計面前，把電話子機遞了過來。

「這個。」

「……給我？」

「流先生打來的。」

「咦？」

「他說讓您接……」

聽到是流，計立刻從男人手中接過子機。

「喂？為什麼在北海道？解釋一下好嗎？」

她大聲說道。男人完全搞不清楚狀況，歪著頭回到廚房。

「喂？」

然而，少女好像沒聽到計大聲說話一樣，毫無反應默默地繼續工作。

「哎？沒有時間？沒時間的是我吧！」

講電話的時候咖啡也正逐漸冷卻。

「哎？聽不清楚。什麼？」

計用左手拿著子機，掩著右耳大聲說話，看來電話另一端的雜音很大，聽不清楚。

「哎，看起來像中學生的女孩子？」

計反覆詢問。

「在啊，就是大概兩星期前，從未來過來跟我照相的啊？」

計望向少女說道。

「對對，那個孩子怎樣？」

她看見少女停下手上的工作，垂下眼瞼，看起來好像很緊張。

——到底是怎麼回事？

計心裡想著，一面繼續說著話。她雖然很在意少女，但現在有更重要的事非得問流不可。

「就說我聽不清楚啊！哎，什麼？那個孩子……」

——是我們的女兒！

就在此時，正中間的落地鐘咚——咚——地敲了十下。

「！」

計這才發現自己來到這裡的時間不是說好的下午三點，而是上午十點，她臉上失去了笑容。

「……啊，嗯……我知道了。」

計用微弱的聲音回答，掛掉電話靜靜放在桌上。

「……」

計剛才期待和少女說話的明朗表情不見了，取而代之的是慘白的臉色，氣勢也一蹶不振。少女仍舊低著頭，沒有任何動作。

「……」

計慢慢伸手摸咖啡杯，確定咖啡的溫度，還溫熱，離冷掉還有一段時間。

計再度望向少女。

——這個孩子……

突然之間就見到了女兒。流的話雖然因為雜音很難聽清楚，但大概是這樣的內容。

——妳本來是要去十年後的未來，但不知怎地，搞錯了來到十五年後。大概是把十年後的十五點弄錯成十五年後的十點了吧，我們是在妳回來之後聽說的。現在則是因為不可抗拒的理由在北海道，因為沒有時間所以就不解釋了。總之，現在妳面前的孩子就是我們的女兒，雖然只是很短的時間，妳還是好好看看她健康成長的樣子，然後回來吧。

流顧慮時間，說完這些話就把電話掛了。

但是，計知道眼前的少女就是自己的女兒之後，反而不知要如何開口跟她搭話。

與其說是混亂和驚慌，不如說是後悔。

理由很簡單。少女一定知道母親會在這裡出現，而計卻以為少女是別人的女兒，兩人的溫度差也太大了。

剛才完全沒注意到的落地鐘鐘擺的聲音，計現在聽來好像在說「咖啡越來越冷囉」。

確實沒有時間了。只不過少女陰沈的表情，好像已經回答了「我只能把妳生下來，妳能原諒我嗎？」這個問題，在計的心裡蒙上一層陰影。

計好不容易說出口。

「妳叫什麼名字？」

但是少女充耳不聞，仍舊低著頭一言不發。

「……」

計覺得少女的沈默更像是在責備她，她無法忍耐這種沈默，因此不由得垂下頭。

「美紀……」

少女小聲地說出自己的名字，好像充滿悲傷般的微弱聲音。

計有好多想問的話，但是美紀微弱的聲音，讓計覺得女兒好像根本不想跟她說話。

「這樣啊……」

「……」

美紀什麼也沒有說，只瞪了計一眼，然後很快地走向裡面的房間。

這時男人剛好從廚房探出頭。

「美紀？」

他叫著她，但美紀不予理會，走進房間裡去了。

喀啦哐噹。

「歡迎光臨。」

隨著男人的招呼，進來的女人穿著短袖白色上衣，黑長褲，繫著酒紅色的圍裙，應該是在大太陽下跑來的吧，滿頭大汗氣喘吁吁。

「……啊。」

計認識她，正確說來是認識像這個女人的人。計望著氣喘吁吁的女人，確實感覺到十五年流逝的歲月。這個女人是白天計倒下去時，問她：「妳還好嗎？」的清川二美子。當時的二美子身材苗條，現在則有點豐滿了。

「美紀呢？」

二美子發現美紀不在，她用質問的口氣問那個男人。二美子知道計會在今天這個時間來，於是她氣勢洶洶。

「呃，不知道啊？」

男人在二美子逼問下，慌亂地說道。雖然他沒有做錯任何事，卻一面搔著右眉的燒傷痕跡。

「真是的……」

二美子嘆了一口氣，橫了那個男人一眼，但並沒有責怪他的意思，在今天這麼重要的日子遲到，是自己不好。

「現在，是您在經營這裡嗎？」

計以微弱的聲音對二美子說。

「嗯，是啦……」

「妳跟美紀說過話了嗎？」

她直接問了計最不想聽到的問題。

「……」

計只垂下眼瞼，什麼也沒有回答。

「有跟她好好聊過了嗎？」

二美子繼續追擊。

「就有點……」

計不知所措。

「我去叫她。」

「不用了！」

二美子要走進裡面的房間，計叫住她。

「為什麼？」

「已經，夠了……」

計艱辛地說。

「……」

「我已經看到她了。」

「但是，」

「她好像不想見到我……」

「才沒這種事！」

二美子毫不客氣地否定計的話。

「美紀一直很想見妳，她一直非常期待今天的……」

「由此可見，我讓她多寂寞不是嗎？」

「……那個，」

美紀很期待今天似乎不是謊言，但正如計所說，二美子一直看著美紀忍耐寂寞的樣子吧。這次她沒有否定。

「果然如此……」

計伸手要拿咖啡杯。

「就這樣回去了嗎？」

二美子看見她的動作說道。她沒能使出阻止計的絕招。

「妳能替我跟她說對不起嗎……」

計這麼說讓二美子的表情頓時陰沈下來。

「這個，」

二美子走到計面前。

「就不對了。」

「？」

「妳後悔生下了美紀嗎？說對不起的話，意思就是沒生下妳就好了喔？」

還沒生呢。雖然還沒生，但她毫不猶豫要生。

二美子的質問讓計用力搖頭。

「……」

「我去叫美紀囉？」

二美子看著計說。計沒有回話。

「…我去叫她。」

二美子不等計回答，就走進裡面的房間，二美子也很清楚時間不多。

「喂。」

男人也跟著二美子走進去。

——我該怎麼辦才好呢？

一個人留下來的計，直直望著眼前的咖啡。

——她說的話完全沒錯，但是即便如此，還是不知道該跟她說些什麼才好。

過了一會兒，二美子搭著美紀的雙肩，慢慢從裡面的房間裡出來。

「……」

但是美紀完全不看計，一直低著頭。

「難得見到面了……」

二美子對美紀說。

——美紀……

計想叫她的名字，卻發不出聲音。

「去吧……」

二美子說著抽回手，瞥了計一眼，靜靜地走進裡面的房間。

「……」

二美子離開了，美紀仍舊低著頭不說話。

——總得想些話跟她說……

計放開握住杯子的手，調整呼吸。

「……妳好嗎？」

「……嗯。」

美紀微微把頭轉向計，小聲地說。她的聲音小得幾乎聽不見。

「妳在這裡幫忙？」

「嗯。」

美紀的回答很冷淡。

「那個人跟數都在北海道？」

計以快崩潰的心情說。

「嗯。」

美紀仍舊不正眼看她，聲音越來越小，也沒有什麼非講不可的話題，計不由得順著話鋒。

「妳為什麼一個人留在這裡？」

——啊……

話一問出口計就後悔了。她發現自己在期待她說是為了見到媽媽，自己的想法真是太厚臉皮了，她不好意思地垂下眼。

「我呢……」

美紀第一次自己主動小聲地跟計說話。

「替坐在那個位子的人泡咖啡……」

「咖啡？」

「嗯，跟數姑姑一樣……」

「這樣啊。」

「……這是我的工作。」

「這樣啊。」

「嗯……」

「……」

會話到此中斷。美紀也不知道接下來該說什麼吧，她繼續低著頭。計也不知道接下來要說什麼，但她有想問的問題。

——**我只能把妳生下來，妳能原諒我嗎？**

但是她不可能原諒自己的，我讓她這麼寂寞。美紀的態度就像是全身都在拒絕任性前來找她的計。

——我不該來見她的……

計漸漸沒法正視美紀，只好望著眼前的咖啡。咖啡表面微微晃動，已經不再冒煙，杯子的溫度告訴計不久之後就不得不離開。

——我到底是來做什麼的？到未來有意義嗎？不，沒有意義，只是讓美紀痛苦而已。我回到過去，無論怎麼努力，還是無法改變讓美紀孤獨的事實；無法改變，高竹小姐也回到了過去，但房木先生的病並不能治好；平井小姐也無法避免妹妹去世。

高竹的先生房木得了早發性阿茲海默症，從幾年前開始慢慢失去記憶，用舊姓稱呼自己的太太高竹。上個月，房木把高竹完全忘記了，高竹決定要以護士的身分照顧他，知道房木有信想交給自己，便回到過去收下了那封信。

平井為了跟車禍去世的妹妹久美見面而回到過去。久美為了勸離家出走的平井回老家，一再到東京來勸她，結果在把平井帶回家前，就不幸去世了。出車禍之前，久美也來找平井，但她躲起來沒見妹妹。

高竹跟平井雖然都回到了過去，現實並沒有改變。高竹只是收下了信，平井只是見了妹妹一面；房木的病情現在仍日漸惡化，平井則再也見不到妹妹。

——**我也一樣，不管在這裡做什麼，讓美紀寂寞了十五年的事實也不會改變。**

分明是自己想到未來的，但計卻完全崩潰了。

「冷了就糟了……」

計說著伸手拿起咖啡杯。

——**回去吧！**

就在這個時候，意外響亮的腳步聲走近她，剛才還站在裡面房間入口處的美紀，已經來到伸手可及的距離。

「！」

計放下杯子，凝視著美紀的臉。

——美紀……

計不知道美紀想做什麼，只不過她無法移開視線。美紀就站在她面前，伸手或許就可碰到她。

「剛才……」

美紀深呼吸了一下，用顫抖的聲音說。

「……？」

計連眼睛都不眨，全心全意地聽美紀要說的話。

「我一直有，如果見到妳想要說的話……」

計也有很多想問她的話。

「到了關鍵時刻卻不知道該說什麼……」

「……」

計也一樣，然後因為害怕美紀的反應，最想問的事都問不出口。

「也就是說……雖然有寂寞的時候……」

應該是吧。計光是想像一個人獨處的美紀，就覺得心都要碎了。

——我沒有辦法改變她的寂寞。

「但是，」

「……」

「我能出生在這個世界上，真是太好了。」

美紀朝計走近一步，羞赧地說。

傳達重要的話語需要勇氣。

美紀為了跟初次見面的母親表達自己的心意，一定鼓足了全身的勇氣。她的聲音發抖，但這是她的真心話。

——我……

計的眼睛溢出大顆的淚珠。

——我只能把妳生下來而已……

美紀也哭了，她用雙手拭去淚水。

「媽媽。」

她溫柔地笑著對計喊道。緊張而有點高亢的聲音，計聽得很清楚，美紀叫自己「媽媽」的聲音。

——我什麼都沒能為妳做……

計掩住臉，哭得肩膀聳動。

「媽媽……」

美紀又叫了一次。她想起來了，離別的時間即將到來。

「……什麼？」

計抬起頭，極力以笑容回應美紀。

「謝謝妳……」

美紀微笑著說。

「把我……生下來……」

說完，美紀對計比了一個勝利的V字手勢。

「美紀……」

「媽媽。」

計在這一瞬間，覺得自己是這個孩子的母親，打心底覺得真是太幸福了，她無法抑止奔流的淚水。

——終於明白了。

就算現實不會改變，高竹還是禁止大家叫她的舊姓，改變了對房木的態度，因為就算房木失去了記憶，她仍要繼續當他的妻子；平井捨棄了自己生意興隆的小店，回到了老家，一面修復跟雙親的關係，一面從頭開始學習如何經營旅館。

——現實不是改變了嗎？

高竹學會了享受跟房木的對話，房木的態度並沒有改變；平井傳來的照片中雖然沒有妹妹，但她幸福地跟雙親一起合照。

——現實並沒有改變，改變的是她們兩個人。高竹小姐和平井小姐回

到過去，她們的「心」改變了。就算現實無法改變，高竹小姐還是再度跟房木先生成為夫妻；平井小姐則繼承了旅館，實現妹妹的夢想。這都是因為「心」改變了的緣故。

計慢慢閉上眼睛。

──我一心只想著自己做不到的事，完全忘了最重要的一點。

二美子這十五年間代替計陪在美紀身邊，當爸爸的流連同計的份一起愛護美紀，數代替計亦母亦姐地溫柔包容美紀。計發覺自己不在的這十五年間，有多少人關愛、支持著美紀的成長，希望她幸福。

──謝謝妳健康地長大，妳能健康成長我就覺得這麼幸福……所以至少想告訴妳這句話……我真正的心情……

「美紀……」

計沒有拭淚，就這樣帶著最燦爛的笑容，對美紀說了一句話。

「謝謝妳，出生當我的孩子……」

☕

從未來回來的計哭得不成樣子，但那並不是因為悲傷，在場的所有人立刻就都明白了。

流安心地嘆了一口氣。高竹也哭了。

「歡迎回來。」

只有數以看透一切的溫柔笑臉說道。

第二天，計就住院了，次年春天，她生下了一個健康的女孩。

結果不管是回到過去還是前往未來，現實完全不會改變，所以這個座位是不是沒有意義呢？

報導都市傳說的雜誌如此寫道——

只要有心，無論多麼艱難的現實，都可以克服。所以就算現實不會改

變，只要人的心能改變，這個座位就一定有非常重要的意義。

數這麼深信。

她今天仍舊要帶著冷靜的表情說——

「在咖啡冷掉之前」

在咖啡冷掉之前

【在咖啡冷掉之前1】

作　　者　川口俊和
　　　　　Toshikazu Kawaguchi
譯　　者　丁世佳 Lorraine Ting

企劃編輯　許世璇 Kylie Hsu
裝幀設計　許晉維 Rita Chiang
內文構成　譚思敏 Emma Tan
校　　對　葉怡慧 Carol Yeh

發 行 人　林隆奮 Frank Lin
社　　長　蘇國林 Green Su

總 編 輯　葉怡慧 Carol Yeh
日文主編　許世璇 Kylie Hsu
行銷主任　朱韻淑 Vina Ju
業務處長　吳宗庭 Tim Wu
業務主任　蘇倍生 Benson Su
業務專員　鍾依娟 Irina Chung
業務秘書　陳曉琪 Angel Chen
　　　　　莊皓雯 Gia Chuang

發行公司　悅知文化 精誠資訊股份有限公司
　　　　　105台北市松山區復興北路99號12樓
訂購專線　(02) 2719-8811
訂購傳真　(02) 2719-7980
專屬網址　http：//www.delightpress.com.tw
悅知客服　cs@delightpress.com.tw
ISBN：978-986-94625-1-8
建議售價　新台幣３６０元
初版56刷　２０２４年07月

國家圖書館出版品預行編目資料

在咖啡冷掉之前 / 川口俊和 著；丁世佳譯.
-- 初版. -- 臺北市：悅知文化 精誠資訊股份有限公司, 2017.05
　面；　公分
譯自：コーヒーに冷めないうちに
ISBN 978-986-94625-1-8（平裝）

861.57　　　106004219

建議分類｜文學小說・翻譯文學